Möller | Ovid. 100 Seiten

W0409974

* Reclam 100 Seiten *

Melanie Möller

Ovid. 100 Seiten

Reclam

Alle Rechte vorbehalten
© 2016 Philipp Reclam jun. GmbH & Co. KG, Stuttgart
Umschlaggestaltung: ZERO Werbeagentur, München
Umschlagabbildung: FinePic®, München
Infografiken (S. 10 f., 89): Golden Section Graphics GmbH, Berlin
Bildnachweis: S. 3, 61, 94 © Wikimedia Commons; S. 7 © Wikimedia Commons / Kurt Wichmann; S. 27 © Wikimedia Commons / Wolfgang Rieger; S. 47 © Wikimedia Commons / Google Cultural Institute; S. 67 © Wikimedia Commons / Yelkrokoyade; S. 72 © Wikimedia Commons / Michal Osmenda; S. 76 © www.provincia.fr.it
Gesamtherstellung: Reclam, Ditzingen. Printed in Germany 2016
RECLAM ist eine eingetragene Marke
der Philipp Reclam jun. GmbH & Co. KG, Stuttgart
ISBN 978-3-15-020426-9

Auch als E-Book erhältlich

www.reclam.de

Für mehr Informationen zur 100-Seiten-Reihe:
www.reclam.de/100Seiten

Inhalt

1 Einführung: Ovid und Europa
6 Lebensgeschichten: Wer ist Naso?
18 Dichter liebt Frau? Die *Amores*
26 Wie man (nicht) lieben soll: Liebeskunst und Gegengifte (*Ars amatoria, Remedia amoris*)
40 Ovid, der Frauenversteher: Die *Heroides*
50 Wenn die Kunst zum Mythos wird: Die *Metamorphosen*
74 Weltgestaltung als Zeitverwaltung: Die *Fasti*
86 Ovids »letzte Welt«: Die Exilelegien
96 Zum Schluss: Ein Magier der Moderne

Im Anhang Lektüretipps

Einführung: Ovid und Europa

»Die europäische Phantasie ist ein weitgehend auf Ovid zentriertes Beziehungsgeflecht« (Hans Blumenberg, Arbeit am Mythos, S. 383).

In jüngster Zeit wird wieder viel über die gemeinsamen Grundlagen Europas diskutiert. Aus vorwiegend politischen oder ökonomischen Motivationen wird Europa als Einheit beschworen, die gegen ›den Rest der Welt‹ in Stellung gebracht werden soll. Nicht erst die nach Europa strebenden Flüchtlingskohorten des noch jungen 21. Jahrhunderts weisen den Kontinent als Sehnsuchtsort für freiheitsliebende Geister, aufstrebende Intellektuelle oder schlicht wirtschaftliche Not leidende Menschen aus. Demgegenüber formiert sich eine globalgeschichtlich orientierte Kritik an jedem Verdacht auf Eurozentrismus. Aus welcher ideologischen Perspektive man sich dem Phänomen auch annähert: Was unter Europa verstanden wird, bleibt oftmals im Unklaren. Eine geographisch oder ökonomisch gedachte Einheit? Ein historisch gewachsenes Gefüge? Welches könnten die Rahmendaten solcher Vermessungen sein?

An den Systemstellen der Debatten taucht wie ein Schemen am Horizont der sogenannte europäische Geist auf: Von

Europa als intellektuellem Zentrum gehen ohne Zweifel ungezählte Impulse aus. Die humanistisch gebildeten Europanostalgiker können auf ein kanonisch gewordenes Ensemble von Denkern verweisen. Rasch wandert der geistesgeschichtlich geschulte Blick zurück in die Frühzeiten der europäischen Kultur: Vor allem im Rahmen der Griechenland-Krisengespräche wird gerne an Solon und Perikles, an Platon und Aristoteles (um nur einige zu nennen) als Begründer der europäischen Kultur und Archegeten der Demokratie erinnert. Griechische Philosophie, römisches Recht und christliche Religion gelten seit je als Konstanten der ›europäischen Idee‹. Zu den Denkern gesellen sich die Werke der Dichter: Deren europäische Wurzeln sind allerdings immer wieder bezweifelt worden. Homer sollte jüngst als kilikischer Kastrat enttarnt werden (R. Schrott), und einer der mythischen Gründerheroen Roms, Aeneas, ist bekanntlich aus dem kleinasiatischen Troja in den Westen geflohen, was der »Vater des Abendlandes«, Vergil, in seinem Nationalepos, der *Aeneis*, nicht verschweigt, aber doch in Richtung eines ›uritalischen‹ Ursprungs korrigiert.

Dass an Europas kulturellen Wurzeln eine schwierige Gemengelage aus west-östlichen Einflüssen anzutreffen ist, wird kaum jemand ernsthaft bestreiten können. Nur wer mit naiven Ursprungsvisionen an die Sache herangeht, wird Enttäuschungen aushalten müssen. Besonders lehrreich ist hier der Blick in die römische Literatur, denn diese stand immer schon im Verdacht des Epigonalen, Nachgemachten, Sekundären: Ihre Lektüre vor allem ermöglicht es uns, den facettenreichen genetischen *code* der europäischen Kultur zu verstehen. Für mich ist es ganz erstaunlich, dass der Name Ovid in solchen Europa-Debatten selten genannt wird – irrt Hans Blumenberg

Europa und der Stier (antike Vase aus Unteritalien)

doch keineswegs mit seiner eingangs zitierten, gewiss zugespitzten Einschätzung. Aus dem reichen Material der einander überlagernden Geisteswelten hat Ovid ein ästhetisches Zeichensystem geschaffen, das ihn zur Schlüsselfigur des alten und neuen Europa macht. Die Adaptionen der überkommenen mythischen Stoffe, wie er sie (nicht nur) in seinem wohl berühmtesten Werk, den *Metamorphosen*, präsentiert, spielen dabei die zentrale Rolle. Die antiken Mythen beflügeln die Phantasie der Kultur- und Medienwelt bis heute, besonders der Film- und Fernsehindustrie. Der antike Mythos ist sozusagen selbst zum Mythos geworden; zugleich haben seine Themen in den Köpfen der nicht nur europäischen Zeitgenossen eine sehr konkrete Gestalt angenommen. Diese Gestalt ist fast immer durch die Ovidische Version eines Mythos geprägt.

Ein prägnantes Beispiel sei vorangestellt – das der Namenspatronin des Kontinents, der hübschen Prinzessin Europa. Als Tochter des Phoenix begegnet uns Europa schon in Homers *Ilias* und in einer Erzählung des Moschos (2. Jh. v. Chr.). In Ovids Fassung (*Metamorphosen* 2,833–875) liegt der Fokus auf der Formschönheit des Stieres, in dessen Gestalt sich der lüsterne Jupiter der Königstochter nähert. Seine Hörner könnte man für »handgemacht« (*manu facta*) halten, sie strahlen heller als Edelstein (*perlucida*): Schon hier wird klar, dass Kunst und Wirklichkeit in einer komplexen Beziehung stehen und leicht zu verwechseln sind. Diesem kunstschönen Stier gelingt es rasch, Europas Vertrauen zu gewinnen, ja sie legt alsbald Hand an ihn, um ihn zu streicheln, zu füttern und mit einer Blumengirlande seine Hörner zu umwinden: Sie scheint ihn für echt zu halten, würdigt ihn mit dem Blumenschmuck aber doch auch als ästhetisches Objekt. Dabei verliert sie die von ihm ausgehende Gefahr aus den Augen, setzt sich auf seinen Rücken – und schon eilt er, so kennen wir Jupiter, mit seiner Beute davon.

Am Ziel der Reise, auf Kreta, legt er seine Maskerade ab. Über eine mögliche Reaktion der Europa erfahren wir zunächst nichts weiter – bis zum 6. Buch: Dort ist sie in den Wettkampf der Arachne mit Minerva thematisch ›hineingewoben‹; die Spinnerin stellt auf ihrem Wettbewerbsbeitrag eine Art Kommentar zu ausgewählten (vornehmlich erotischen) Mythen der *Metamorphosen* dar, darunter auch die Angst der Europa auf dem Rücken des enteilenden Stieres. Dabei entschuldigt Arachne zugleich Europas ›Rezeptionsfehler‹, indem sie – durch ihre Darstellung im Kunstwerk, also performativ –

bestätigt, dass der Stier täuschend echt aussah. Im 8. Buch lesen wir, dass Europa dem Jupiter infolge der unausgesprochenen Vergewaltigung den unseligen König Minos von Kreta geboren hat, dessen Frau Pasiphae ihn wiederum mit einem feschen Stier betrügt. Die Suche des Bruders Cadmus nach seiner Schwester Europa im direkten Anschluss an das Geschehen am Anfang von Buch 3 bleibt indes erfolglos, Europa bleibt verschwunden. Der unsichtbare Kontinent? Ihre direkten Referenten verliert Europa jedenfalls, um in anderen Mythologemen ästhetisch aufzugehen. Europa ist zum Teil der Kunstwelt der Weberin Arachne und des thebanischen Mythenzyklus geworden; als Kontinent taucht sie eher beiläufig im 5. Buch auf. Diese komplexe Vertextung auf mehreren Ebenen kann als charakteristisch für Ovids Erzähltechnik angesehen werden: Hier ist nichts einfach.

Es liegt nun gut 2000 Jahre zurück, dass Ovid von der Bildfläche verschwunden ist. Seit über 2000 Jahren zieht er uns in seinen unwiderstehlichen Bann, prägt das Geschehen in Literatur und Kunst – Anlass genug, sein Werk unter die Lupe zu nehmen und nach seiner konkreten Bedeutung für die Ästhetik des ätherischen Gebildes Europa zu fragen. Das will dieses Büchlein auf 100 Seiten leisten.

Lebensgeschichten: Wer ist Naso?

Publius Ovidius Naso kann als Proteus unter den Dichtern der klassischen lateinischen Literatur bezeichnet werden. Wie kein zweiter versteht er es, sich biographisch motivierten Zugriffen auf sein außerliterarisches Selbst zu entziehen; zu diesem Zwecke bedient er sich in seinen Texten verschiedener *personae*, d. h. Masken. Mit diesen *personae* bekleidet, präsentiert er uns unterschiedliche Facetten seiner literarischen Persönlichkeit. Das äußert sich zum einen in formalästhetischer Hinsicht, indem Ovid eine Vielzahl von Gattungen bedient; doch auch auf inhaltlicher Ebene tritt uns der maskierte Dichter in den unterschiedlichsten Rollen entgegen. Was wir über Ovid zu wissen meinen, beziehen wir fast ausschließlich aus seinen Texten. Ovid adressiert sich in diesen selbst mit seinem Beinamen Naso, die »Nase«; das ist sicher nicht nur den Zwängen des Versmaßes geschuldet, sondern zeigt auch an, dass er ein distanziertes Verhältnis zu sich selbst hat.

Sogar seine Autobiographie im 4. Buch der *Tristien* (s. S. 15–17) steht im Zeichen dieser Verfremdungsstrategie. Auch stellt er sich ausdrücklich in die Tradition des Catull und der von diesem gestifteten sog. *lex Catulli* (»Gesetz Catulls«): Dieses Gesetz, das Catull im 16. Gedicht seiner Sammlung formuliert, besteht auf der strikten Trennung von Kunst und Leben. Ein Ich wird sich demzufolge in einem Text überhaupt nicht »authentisch« zum Ausdruck bringen (vgl. Ovid, *Tristie* 3,2 und 2,353–356). Seine dezidierte Eigenregie in der Selbstdarstellung hat mir den Autor Ovid besonders nahe gebracht: Wer will schon ernsthaft, dass ihm in der Literatur naive Erlebnisberichte vorgeführt werden? Umso leichter lässt sich Ovids Leben in kunstvolle Romanform gießen, wie Christoph Ransmayrs *Letzte Welt* eindrucksvoll demonstriert – sie imitiert den Kunstgriff Ovids, Leben und Werk des Dichters in raffinierter Weise verschmelzen zu lassen.

Unter diesen Prämissen muss sich die folgende knappe Skizze der historischen Situation des Autors Ovid auf einige

Ovid-Statue in Tomis, dem heutigen Constanţa / Rumänien (Ettore Ferrari, 1887)

»Sulmo ist meine Vaterstadt, überaus reich an kalten Gewässern; sie liegt neunmal zehntausend Schritt von der Stadt [= Rom] entfernt« (*Tristie* 4,10,3–4).

wenige gesicherte Daten beschränken. Geboren wurde Ovid am 20. März 43 v. Chr. im mittelitalischen Sulmo (Abruzzen) als Sohn einer gut situierten, landadligen Familie. Wie er ausgesehen hat, wissen wir nicht; weder gibt es realitätsnahe Porträts noch einschlägige Kommentare von ihm selbst oder seinen Zeitgenossen. Der »Privatmensch« Ovid ist für uns nicht zu fassen: Wenn spätere Autoren wie Seneca oder Quintilian seine Charakterschwäche oder Fehlerliebe tadeln, dann ist das mit Vorsicht zu genießen (s. u. S. 97). Von Ovid selbst erfahren wir, dass er dreimal verheiratet war und eine Tochter aus der zweiten (daher zwei Enkel) sowie eine Stieftochter aus der dritten Ehe hatte; über Namen

»Beinahe noch ein Knabe, wurde mir eine Gattin zugeführt, die weder würdig noch hilfreich war; sie war auch nur für sehr kurze Zeit meine Frau. Auf sie folgte eine Gemahlin, die, obwohl sie sich nichts zu schulden kommen ließ, doch keine gesicherte Zukunft in meinem Bett hatte. Die letzte jedoch, die bis in die späten Jahre mit mir zusammenblieb, die hat es erduldet, die Frau eines Verbannten zu sein« (*Tristie* 4,10,69–74).

und Zeiten ist nichts bekannt. Sein ein Jahr älterer Bruder scheint ihm nahegestanden zu haben, doch ist dieser bereits im Alter von 20 Jahren verstorben (24 v. Chr.). Sein familiärer Hintergrund ermöglichte Ovid bei seiner Übersiedlung nach

Rom nicht nur einen raschen Einstieg in die politische Karriere – er schlägt nach einem Studium der Jura bei führenden Rhetorikern (Arellius Fuscus, Porcius Latro) die Senatorenlaufbahn ein –, sondern auch eine weitgehende finanzielle Unabhängigkeit, so dass er sich bereits im Alter von 20 Jahren wieder aus der Politik zurückziehen und als ein Privatier existieren konnte, der sich ganz seinem im kulturellen Leben der Hauptstadt verankerten Künstlerdasein widmet, bereichert um gelegentliche Bildungsreisen (ca. 25–15 v. Chr.). So findet das augusteische Ideal eines kreativen Müßiggangs (*otium*) in Ovid einen vorbildlichen Repräsentanten. Im römischen Kulturbetrieb knüpfte Ovid rasch Kontakte zu den bedeutendsten Schriftstellern (u. a. Properz, Horaz), und bald schon genoss er die Förderung durch den Mäzen Marcus Valerius Messalla Corvinus. Seine früh erworbenen rhetorischen und juristischen Kenntnisse waren seiner künstlerischen Entwicklung und Karriere äußerst förderlich; so kann der ältere Seneca sogar Ovids Reden als »Gedichte in Prosa« preisen.

»Meine Tochter, die fruchtbare, machte mich schon früh zweimal zum Großvater, jedoch nicht vom selben Gatten« (*Tristie* 4,10,75–76).

»Gerade einmal 20 Jahre alt war mein Bruder, als er starb, und ich fing an, einen Teil von mir zu vermissen« (*Tristie* 4,10,31–32).

Ersten Ruhm erwirbt sich der aufstrebende Autor mit der drei Bücher

»Aus eigenem Antrieb fügte das Gedicht sich ins passende Metrum, und was ich zu schreiben versuchte, wurde zum Vers« (*Tristie* 4,10,25–26).

Ovid und seine Zeit

Historisch-politische Ereignisse

Leben und Werk anderer Autoren

Veröffentlichungen Ovids

Ereignisse aus dem Leben Ovids

60 v. Chr.

23.9.63 v. Chr.
Geburt des Octavian/Augustus

23 v. Chr.
Augustus erhält die *tribunicia potestas* und das *imperium proconsulare maius* auf Lebenszeit.

nach 23 v. Chr.
Amores, Heroides, Medicamina faciei femineae sowie kleinere Schriften

24 v. Chr.
Tod von Ovids Bruder

nach 24 v. Chr.
Mitglied des Centumviralgerichts und Einzelrichter

20 v. Chr.

19 v. Chr.
Tod Vergils und Tibulls

19 v. Chr.
Elegie auf den Tod Tibulls: *Amores* 3,9

18 v. Chr.
Sittengesetze des Augustus *(leges Iuliae)*

17 v. Chr.
Säkularfeier in Rom

17 v. Chr.
Horaz: *Carmen saeculare*

um 15 v. Chr.
Tod des Properz

4.7.13 v. Chr.
Stiftung der *Ara Pacis* (Friedensaltar) des Augustus; Augustus *Pontifex Maximus* (Oberpriester)

10 v. Chr.

8 v. Chr.
Kalenderreform des Augustus

8 v. Chr.
Tod des Horaz, Tod des Maecenas

5.2.2 v. Chr.
Augustus *pater patriae*

nach 1 v. Chr.
Ars amatoria

nach 1 v. Chr.
Ovids dritte Ehe

0

2–8 n. Chr.
Remedia amoris, Metamorphosen und *Fasti*

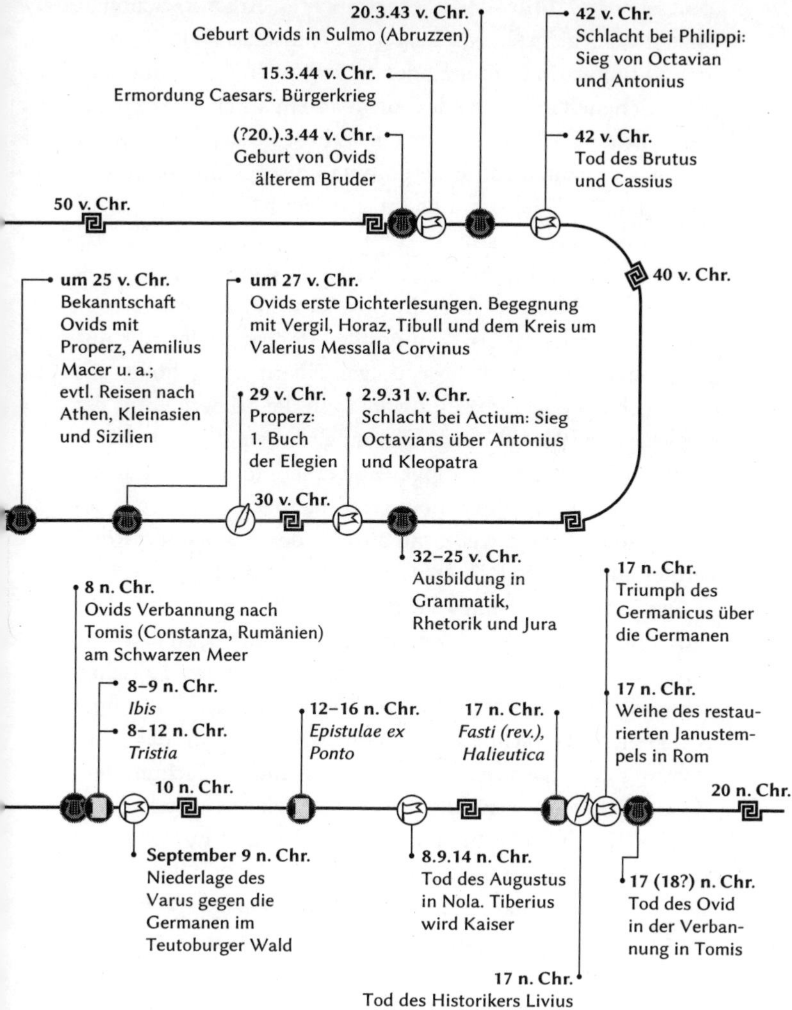
50 v. Chr.
(?20.).3.44 v. Chr.
Geburt von Ovids älterem Bruder
15.3.44 v. Chr.
Ermordung Caesars. Bürgerkrieg
20.3.43 v. Chr.
Geburt Ovids in Sulmo (Abruzzen)
42 v. Chr.
Schlacht bei Philippi: Sieg von Octavian und Antonius
42 v. Chr.
Tod des Brutus und Cassius
40 v. Chr.
32–25 v. Chr.
Ausbildung in Grammatik, Rhetorik und Jura
2.9.31 v. Chr.
Schlacht bei Actium: Sieg Octavians über Antonius und Kleopatra
30 v. Chr.
29 v. Chr.
Properz: 1. Buch der Elegien
um 27 v. Chr.
Ovids erste Dichterlesungen. Begegnung mit Vergil, Horaz, Tibull und dem Kreis um Valerius Messalla Corvinus
um 25 v. Chr.
Bekanntschaft Ovids mit Properz, Aemilius Macer u. a.; evtl. Reisen nach Athen, Kleinasien und Sizilien
8 n. Chr.
Ovids Verbannung nach Tomis (Constanza, Rumänien) am Schwarzen Meer
8–9 n. Chr.
Ibis
8–12 n. Chr.
Tristia
September 9 n. Chr.
Niederlage des Varus gegen die Germanen im Teutoburger Wald
10 n. Chr.
12–16 n. Chr.
Epistulae ex Ponto
8.9.14 n. Chr.
Tod des Augustus in Nola. Tiberius wird Kaiser
17 n. Chr.
Fasti (rev.), Halieutica
17 n. Chr.
Tod des Historikers Livius
17 n. Chr.
Triumph des Germanicus über die Germanen
17 n. Chr.
Weihe des restaurierten Janustempels in Rom
17 (18?) n. Chr.
Tod des Ovid in der Verbannung in Tomis
20 n. Chr.

umfassenden Edition der »Liebesgedichte« (*Amores*). Schon in diesem Werk zeigt sich die besondere Kunst des Ovid, Tradition und Innovation miteinander zu verbinden, bekannte Themen mit neuen Inhalten oder Formen zu mischen. Diese Technik stellt eine Konstante der Dichtkunst Ovids dar; von ihr lässt er auch dann nicht ab, als er sein römisches Umfeld verlassen und ins Exil ziehen muss. Im Jahr 8 nach Chr. soll Ovid auf Geheiß des Augustus nach Tomis am Schwarzen Meer (das heutige rumänische Constanţa) verbannt worden sein, wo er bis an sein Lebensende im Jahr 17 (oder wenig später) verblieben zu sein scheint. Das Exil wurde offenbar weder von Augustus noch von dessen Nachfolger Tiberius aufgehoben. Es muss sich bei der Verbannung aber um die mildere Form der sog. *relegatio* (»Verweisung«) gehandelt haben, die es dem Autor ermöglichte, sein Vermögen sowie sein römisches Bürgerrecht zu behalten. Unter diesen Bedingungen war es ihm gestattet, seine Werke weiterhin auch in der Hauptstadt, Rom, verbreiten zu lassen (Näheres zum Exil s. S. 86 f.).

Die Konsistenz seines Werkes spiegelt sich in dem Nahverhältnis seines elegischen Erstlings, der *Amores*, zu den *Tristien* als einer seiner letzten Gedichtsammlungen im elegischen Versmaß: Der ursprüngliche *amator exclusus*, der von seiner Geliebten »ausgeschlossene Liebhaber«, wird in der Exildichtung zum *poeta exclusus*, zum verbannten Dichter, dem die Möglichkeit der Rückkehr nach Rom gleichsam wie durch eine verriegelte Tür verschlossen bleibt. Die künstlerische Einheit kompensiert den möglichen Bruch in der historischen Biographie. Auch das im Exil entstandene ›Spätwerk‹ hat also seinen festen Platz im künstlerischen Gesamtwerk.

Eine besondere Art der Fortsetzung erotischer Thematik stellt die didaktisch ausgerichtete *Ars amatoria* (»Liebes-

Ovids Dichtung: Rhythmus und Vers

Versmaß nennt man den Wechsel von unbetonten und betonten (bzw. langen und kurzen) Silben.
Sechs aneinandergereihte Daktylen (– v v) oder Spondeen (– –) bilden einen Hexameter (das Versmaß des Epos und des Lehrgedichts – bei Ovid z. B. in den *Metamorphosen* verwendet).
Ein Beispiel:

Ín nova fért / animús / mutátas / dícere fórmas
– v v – / v v – / – – – / – v v – –

Beim elegischen Distichon, das Ovid z. B. in den *Amores* verwendet, wechselt ein Hexameter mit einem Pentameter ab. Ein Beispiel aus den *Amores* (1,1):

Árma graví / numeró / violéntaque / bélla parábam
– v v – / v v – / v v – v v / – v v – v

édere, máteriá // cónveniénte modís.
– v v – v v – // – v v – v v –

Daher: Liest man Ovids Texte nur in Übersetzung, entgeht einem die Klangkunst des Originals!

kunst«) dar. Den ersten beiden Büchern, die erotische Ratschläge für Männer enthalten, folgt ein drittes, für die weibliche Leserschaft konzipiertes. Als Ergänzung sind die *Remedia amoris* (»Heilmittel gegen die Liebe«) entstanden, eine kritische Auseinandersetzung mit der in Teilen skeptischen Reaktion des Publikums auf die »Liebeskunst«. Von den ebenfalls in diesen Themenkomplex gehörenden *Medicamina fa-*

ciei feminaeae, einem Lehrgedicht über weibliche Schönheitsmittel, hat sich immerhin der Anfang erhalten. Zwischen 2 und 8 n. Chr. entsteht schließlich Ovids berühmtes, die Gattungskonventionen überschreitendes Epos, die *Metamorphosen*, ein mythologischer Reigen aus Verwandlungssagen in 15 Büchern; die Herausgabe kann Ovid allerdings erst im Exil organisieren.

Die fünf heftigsten Verfluchungen aus dem Schmähgedicht *Ibis*

1. Man möge dir die Glieder abschneiden und in alle Winde verstreuen!
2. Eine Biene soll dir ins Auge stechen!
3. Man soll dich in einem Mörser zerstampfen!
4. Du sollst mit zitterndem Mund um karge Speise betteln!
5. Geier sollen dir die Eingeweide ausrupfen!

Eine noch von Quintilian geschätzte Tragödie *Medea* und eine von Seneca erwähnte Deklamationsschrift sind verloren, ebenso wie diverse kleinere Stücke (darunter Gelegenheitsgedichte zu Triumphen und Hochzeiten sowie poetische Nachrufe). Parallel zu den *Metamorphosen* liefert Ovid mit den *Fasti* eine poetische Bearbeitung des römischen Festkalenders. Sie sind erst zur Hälfte vollendet, als den Dichter das Verbannungsurteil trifft. Im Exil entstehen noch das Schmähgedicht *Ibis*, das auf jeden Fall zur Hand haben sollte, wer auf der Suche nach knackigen Flüchen ist, sowie vielleicht ein didaktisches Poem über den Fischfang, die *Halieutica*. Auch die unter dem Titel *Epistulae ex Ponto* vereinigte Sammlung von 30 auf vier Bücher verteilten elegischen Briefen entsteht erst im Exil; sie stellt ein wichtiges Gegenstück zu den autoreflexiven Skizzen der *Tristien* dar.

So weit die Rahmendaten. Welche Akzente aber setzt Ovid selbst? Werfen wir einen Blick auf seine »Autobiographie«, um uns sein Selbstbild vor Augen zu führen. Im 4. Buch seiner im Exil entstandenen »Trauerelegien« (*Tristien* 4,10) gibt Ovid eine Beschreibung seines Lebens, die an herkömmlichen Gattungskriterien orientiert ist (zur Publikation gedachte, adressatenorientierte, retrospektive Selbstdarstellung in weitgehend chronologischer Folge und aus Ich-Perspektive, im Ton der Rechtfertigung). Diese Autobiographie steht in der bewährten Tradition der *sphragis* (»Siegelabdruck«), einer Art »Copyright«: Der Verfasser markiert sein Werk durch eine persönliche Signatur und dokumentiert dadurch seine Urheberschaft. Gegenüber den vorwiegend kurz gehaltenen, pointierten *sphragides* anderer Autoren nimmt *Tristie* 4,10 schon dadurch eine Sonderstellung ein, dass sie einen recht ausführlichen Lebenslauf von der Geburt bis zum antizipierten Tod bietet, der immerhin 132 Verse umfasst. Zunächst nennt Ovid in traditioneller Manier seine Heimat und seinen Stand, die Familienverhältnisse und seinen Geburtstag (V. 3–14), schildert sodann seine Ausbildung und führt die Gründe für den Abbruch seiner politischen Karriere an, um bei seinem *ingenium* und seiner Berufung zum Dichter zu verweilen (V. 15–40). Er zählt seine poetischen Weggefährten auf und rekurriert auf

»Wer ich gewesen bin, der Dichter zärtlicher Liebesspiele, den du liest, vernimm, Nachwelt, damit du es weißt« (*Tristie* 4,10,1–2).

den Inhalt seiner frühen Werke (V. 41–64). Indem er sich zum letzten Glied eines Katalogs ebenso etablierter wie innovativer elegischer Dichterkollegen erklärt, schreibt sich Ovid der Literaturgeschichte an dem von ihm selbst gewählten Platz ein – eine selbstbewusste literarische Selbstverortung (V. 41–52). Das mag auch als eine Folge der schwersten Hypothek seines künstlerischen Daseins angesehen werden, ist er doch chronologisch gesehen der letzte Vertreter der sog. »augusteischen Klassik«, deren Höhe- und zugleich Endpunkt er mit seinem Lebenswerk markiert.

Im Anschluss an diese poetologische Programmatik spart Ovid nicht mit Ausführungen zu seinem Privatleben, wobei ihm vor allem an der Betonung seiner moralischen Integrität gelegen ist sowie an dem Nachweis seines tadellosen Verhaltens als römischer, dem augusteischen Wertekodex entsprechender *pater familias* (»Familienoberhaupt«, V. 65–80). Das ist sozusagen ein positiv besetztes Gegenbild zu dem in seinen erotischen Dichtungen vorgestellten Liebhaber-Ideal, das er noch wenige Verse zuvor nachhaltig in Erinnerung gerufen hatte: Wieder wechselt Ovid auf werkimmanenter Ebene seine Rollen nach Belieben. Mit dem Lobpreis seiner verstorbenen Eltern verknüpft er die Beteuerung seiner eigenen Unschuld (V. 81–90): In dieser Absicht lässt er seine Familie in seinem Gefolge als Bittsteller in einem fingierten Gerichtsverfahren auftreten, wodurch er sich unverkennbar in die Tradition der platonischen *Apologie des Sokrates* stellt. Er inszeniert sich auf der Grundlage dieser stabilen Familienbande auch als zuverlässigen Anhänger und Unterstützer des Kaisers und dessen Verwandtschaft, mit der er, wie er nicht müde wird zu betonen, auch über einige Kontaktpersonen in seinem Familien- und Freundeskreis mittelbare Berührungspunkte hatte.

Von der fiktiven Anklagebank lenkt der Autor den Fokus auf seine aktuelle Leidenszeit im Exil (V. 91–110), während der ihm einzig seine Dichtkunst die nötige Lebenskraft verschaffe: Sie wird zur ultimativen, von äußeren Gegebenheiten weitgehend unabhängigen Existenzform und zugleich zur trostspendenden Tätigkeit schlechthin stilisiert. So verweilt er denn auch am Ende, indem er Vergangenheit und Gegenwart mit der Zukunft fusioniert, bei seinem eigenen Ruhm als Dichter, durch den er Unsterblichkeit erlangen werde (V. 111–132) – eine Strategie, die er u. a. schon in *Tristie* 3,7 und im Finale der *Metamorphosen* angewandt hatte.

Beständiger Bezugspunkt seines Werkes bleibt Augustus. Das Verhältnis des Dichters zum sich selbst gerne als kunstsinnigen Feingeist inszenierenden, von dichterischen Größen wie Vergil und Horaz und einem kongenialen Literaturagenten, Maecenas, flankierten *princeps* ist zwiespältig. Wo er ihn preist – etwa in den *Metamorphosen* –, bleibt stets genug Raum dafür, auch subversive Kritik herauszulesen. Die Beziehung gipfelt im Verbannungsurteil, das der Herrscher über den Dichterfürsten verhängt haben soll: Mit zunehmender Sittenstrenge soll Augustus die literarischen Liebes-Eskapaden Ovids missbilligt haben und seiner schließlich überdrüssig geworden sein. In der Exildichtung spiegelt sich diese Haltung des *princeps* in ungezählten Anbiederungen und Bitten um Verzeihung bzw. Rückberufung. Auch diese Strategie jedoch hat eine abgründige Seite, lässt sie Augustus doch immer wieder in fragwürdigem Licht erscheinen. Ovid treibt ein Machtspiel mit dem Kaiser, aus dem er selbst, soviel ist klar, siegreich hervorgehen möchte – mithilfe seiner Dichtung.

Dichter liebt Frau? Die *Amores*

Am Beginn von Ovids literarischer Tätigkeit stehen die *Amores*, drei Bücher mit Liebeselegien, die in der Hauptsache um Ovids Liebe zu einer Hetäre namens Corinna kreisen. Wirklich? Die Dinge liegen natürlich komplizierter. Schon das dem Werk vorangestellte, an den Leser adressierte Epigramm sorgt für Verunsicherung, was die literarhistorischen Fakten angeht, wenn dort behauptet wird, durch nachträgliche Redaktion seien aus ursprünglich fünf Büchern drei geworden. Das ist unwahrscheinlich, da sich von diesen beiden anderen Büchern überhaupt keine Spuren erhalten haben. Auf uns gekommen sind, auf nämliche drei Bücher verteilt, 50 (49) Elegien in auffallend ringkompositorischer Anordnung (Buch 1: 15 Elegien, Buch 2: 20 Elegien, Buch 3: 15 [14] Elegien). Der Umfang dieser Elegien bewegt sich zwischen 9 (2,3) und 57 Distichen (1,8). Auch die Substruktur ist symmetrisch: So lesen wir z. B. sechs poetologische Gedichte je am Anfang und (fast) am Ende der drei Bücher (1,1, und 1,15; 2,1 und 2,18; 3,1 und 3,15). In den Elegien werden alle vorstellbaren Situationen der Liebe durchgespielt. Wir lesen von den in der Tradition der Gattung stehenden Aufs und Abs im Leben eines liebenden elegischen Ichs. Im Verhältnis zur angebeteten Corinna zeichnet sich aber auch eine Entwicklung ab: Zwar gibt es im Unterschied zu den elegischen Vorgängern mehr glückliche Phasen der Liebesbeziehung, jedoch distanziert sich das Ich zunehmend, um seiner Corinna schließlich den Laufpass zu geben. Dabei zeigt es sich souverän – die gelegentliche Traurigkeit ist kaum mehr als ein Tribut an die Gesetze des Genres, ebenso wie die mythologischen Elemente, die die Gelehrsamkeit des Autors konsequent vor Augen führen. Die zahlreichen dialogischen Partien (denen auch die Selbstanreden nachempfunden sind) weisen eine deutliche Affinität zur Gattung Komödie auf.

Warum sollte man diese doch irgendwie gekünstelten Liebestiraden eines Dichters, der sich nur mit der *persona* des Liebhabers bekleidet hat, überhaupt lesen? Nun, sie gehören zu den raffiniertesten Stücken der lateinischen Literatur, ja der Literatur überhaupt. Das zeigt schon der Auftakt der *Amores*, der mich stets aufs Neue fasziniert. Denn von Beginn an stellt Ovid klar, dass die ganze Liebelei ein äußerlich motivierter Prozess ist: Hier ist es Amor, der Liebesgott höchstselbst, der sich mit einem neckischen, aber forcierten Spiel der Kunst des Dichters bemächtigt. Während sich der Dichter gerade, so gibt er vor, der Abfassung eines hexametrischen Epos herkömmlicher Prägung, also der (womöglich nationalrömischen) Großdichtung widmen will, klaut ihm der närrische Liebesgott einen Versfuß – eben jenen, der aus dem Hexameter den Pentameter macht, und beide zusammen ergeben das Versmaß der Elegie. Schon wieder zollt Ovid der alexandrinischen Poetik Tribut. Die Rolle des *amator* ist nur gespielt, sie funktioniert nirgends ohne die des *poeta*, des Dichters (vgl. Niklas Holzberg, *Die römische Elegie*).

Vor diesem Hintergrund ist auch die Herangehensweise an die Liebesthematik zu beachten: Da ist zunächst, in 1,1 und 1,2,

Lawrence Alma-Tadema: *Ask me no more* (1906)

der Liebesgott, der den Dichter manipuliert. Dann folgt, in 1,3, die Liebe selbst als Thema: Der Dichter will lieben. Und dieses Liebenwollen bedarf einer Protagonistin, der *puella*, des Mädels, das in 1,3 dann auch die Kunstwelt betritt. Anders als vor allem bei Properz geht es zunächst gar nicht um eine bestimmte Herzdame: Bei Properz ist *Cynthia*, der Name der Geliebten, das erste Wort, und sie ist diejenige, die die Dichtung motiviert. Anders Ovid: Die zunächst namenlose *puella* scheint ein beliebiger Gegenstand, eine Projektionsfläche für das Spiel mit der noch jungen, aber intensiven elegischen Tradition. In 1,5 erhält die Dame dann schließlich doch ihren Namen: *Corinna*. Doch ihr unvermitteltes Auftauchen (*ecce*: »siehe da«) unterstreicht ihre Beliebigkeit als Objekt. Betörend ist ihre Schönheit, nachgerade makellos – doch ist sie von Zwielicht umgeben. Diese diffuse Sphäre schafft nicht nur den idealen Rahmen für ein verbotenes Stelldichein, sondern rückt auch den Gegenstand – das Dichten über die Liebe – ins rechte (Zwie-) Licht der Phantasie. Wenig überraschend erfahren wir, dass die Auserwählte gesellschaftlich den Standards der hetärischen *puella* genügt: Sie ist an einen anderen gebunden, erotischen Abenteuern zugeneigt und zudem literarisch gebildet. Der Dichter skizziert in 1,4 die Situation, ihr im Beisein ihres Gatten auf einer Gesellschaft begegnen zu müssen: Diese inszenierte Unerreichbarkeit rückt den Gegenstand der Kunstliebe in noch weitere Ferne, bevor er bzw. sie überhaupt ein Gesicht erhält.

Unter diesen dichtungstheoretischen Voraussetzungen erst entfaltet der Dichter den Reigen der Liebesleidenschaft in seinen Höhen und Tiefen und unter Ausschöpfung des vollständigen elegischen Arsenals: Er stellt sich als den Sklaven seiner Herrin vor, betreibt einen Kriegsdienst der Liebe, wird betrogen und betrügt selbst, wird manchmal ran-, oft aber außen vor gelassen, er liebt und leidet, betet an und verflucht, gibt sich extro- und introvertiert, bricht mit den Konventionen und sehnt sie doch auch herbei.

Im 1. Buch schon spult der liebende Dichter den Großteil dieser Elemente einer rasenden Leidenschaft ab: In 1,7 hat der Dichter sein Mädchen im *furor* geschlagen und bereut dies zutiefst. In 1,8 werden die Lehren einer Kupplerin vorgestellt, die im Falle der Zurückweisung Abhilfe schaffen sollen: Auch solche Figuren gehören zum Inventar der Liebeselegie und werden nicht nur um Hilfe ersucht, sondern bei Misserfolg auch verflucht oder für die Untreue der Geliebten verantwortlich gemacht. Unser *poeta* nun entpuppt sich auch hier als Meister der indirekten Beteiligung am erotischen Geschehen: Er ist hinter einer »Doppeltür« (*me duplices occuluere fores*, V. 22) verborgen und lauscht unbeobachtet, bis zum Schluss, wo ihn dann sein Schatten verrät (V. 109: *cum me mea prodidit umbra*). Ähnlich präsentiert er sich schon in 1,6, einem Paraklausithyron (»Türgedicht«), wobei die Tür das Ausgeschlossensein des Geliebten ins Bild setzt. Es gibt verschiedene Variationen: Mal spricht der *exclusus*, der »Ausgeschlossene«, mit der Tür, bettelt und klagt über seine hartherzige Geliebte, die ihn nicht einlässt. Ein andermal klagt die Tür über das Lotterleben ihrer Besitzerin. Ovid färbt auch diesen Klassiker mit einer neuen Nuance ein, wenn er den ignoranten Türhüter (*ianitor*) anfleht, ihn doch wenigstens durch einen winzigen Spalt an dem internen Geschehen teilhaben zu lassen.

Auf formvollendete Schilderungen seiner *militia amoris*, seines »Kriegsdienstes der Liebe«, folgt Kritik am konsumgeleiteten Verhalten der Geliebten. Zu den berückendsten Stücken gehört die in 1,11 entworfene Semiotik der Liebe, die er zusammen mit einer Magd (*ancilla*) entwickelt: Diese Magd wird nicht nur als Botin einer schriftlichen Nachricht – einer Liebesbotschaft –, also als »Textträgerin« im Wortsinne, eingesetzt, sondern fügt sich auch durch ihre Talente ins narrative Gefüge: Sie ist eine geschickte Friseurin, und die Haare der Geliebten – bald kunstvoll geordnet, bald natürlich fallend, bald unordentlich zerrauft – sind wichtige Zeichenträger der erotischen Situation. Auf die Zurückweisung des Mädchens in 1,12 (auch dieses eine semiotische Lektüre, nur eben *ex negativo* – schlechte Vorzeichen verrieten den Misserfolg) folgt die Lobpreisung des perfekten Augenblicks mit der Geliebten im Angesicht Auroras. Ähnlich seinen elegischen Vorgängern rät er seiner Liebsten in 1,14 von künstlicher Schönheit, also Schminke, ab, um der Natur zu huldigen: Selbstironie des kunstliebenden Dichters. So endet das 1. Buch denn auch nicht etwa mit einem erotischen Gruß, sondern mit einer selbstbewussten Message: *vivam, parsque mei multa superstes erit* (»ich werde leben, ein beträchtlicher Teil von mir wird [auch nach dem Tod] übrigbleiben«): Dieser beträchtliche Teil ist sein Werk. Ovid dichtet von Beginn an (für) sich selbst.

Der Tenor bleibt auch im zunehmend dramatischen 2. Buch erhalten; auch hier treten zunächst wieder der konstruierte Charakter der Lovestory und die Komplizenschaft des Autors mit dem Leser in den Vordergrund, wenn Naso sich als Dichter seiner eigenen Nutzlosigkeit (*poeta nequitiae meae*) bezeichnet. Gleichwohl bekräftigt er sein Bekenntnis zur Elegie. Die Themenwahl bleibt ähnlich vielfältig wie im 1. Buch: Koketterien (2,2 und 7), Überwachungsstrategien (2,3), verbotene Blicke (2,2 und 7), verliebte Schwelgereien (2,4 und 12), Zornes- und Hassausbrüche (2,2 und 4), Todessehnsucht (2,5), Sklavendienst der Liebe (*servitium amoris*, 2,9 und 17), Liebesbotschaften und -gaben (2,15). Die melancholischen Färbungen gewinnen an Intensität, werden aber zugleich durch ein spielerisches Stück über den toten Papagei der Geliebten persifliert (2,6). Das Thema ist bekannt: Der Liebhaber trauert mit seiner Geliebten um deren verstorbenen Vogel und verfasst ein mitfühlendes Geleitgedicht (»Epikedeion«; vgl. Catull, Gedicht 3). Ovid bietet uns eine vollendete Klage, wählt aber mit Bedacht einen Papagei (*psittacus*): den Nachahmervogel, der offenbar auch ein Sinnbild des Dichterfürsten abgibt. Auch Naso nämlich ist ein konstruktiver, verfremdender Nachahmer der anderen Elegiker, hier konkret der Besinger von verstorbenen Liebestierchen. Dabei liegt ihm freilich mehr an der *aemulatio* (»Wetteifer«) als an der bloßen *imitatio*.

Es passt zur Variation des Themas, dass Ovid allmählich,

aber deutlich das Ende seiner Liebesgeschichte vorbereitet. Zunächst dadurch, dass er auch mit anderen Mädchen flirtet und verkündet, dass man auch mehr als eine – auf jeden Fall mindestens zwei – lieben könne (2,2 und 10). Ein solches Abschieds-Zeichen versinnbildlicht auch das mit Vorwürfen an die Geliebte gewürzte Gedicht über die Abtreibung (2,13), das aufgrund seiner Drastik so manchen Leser, der zwischen Kunst und Leben nicht unterscheiden konnte, befremdet hat. Auch die angedeuteten Zweifel über die Vaterschaft zeigen an, dass das Verhältnis zwischen den Protagonisten noch vager ist, als der Dichter es bisher vermuten ließ.

Parellel zum Verlöschen der Glut gewinnen andere Themen breiteren Raum, die weniger mit Liebe, dafür mit Mythos, Geschichte, Politik und Heimat zu tun haben (auch das kennen wir aus der besonders von Properz adaptierten hellenistischen Tradition): Dazu gehören das Gedicht über den Bürgerkrieg in 2,14 und die *laus patriae*, das Lob auf seine Heimatstadt Sulmo (in 2,16). Angezeigt wird der Entfremdungsprozess auch durch das Gedicht über die Gefahren der Seefahrt in 2,11: Eine solche Schiffsreise ist immer auch poetologisch zu lesen, sie zeigt an, dass der Dichter etwas Neues im Sinn hat und den Leser an diesem produktionsästhetischen Reflexionsprozess teilhaben lassen möchte.

Zu Beginn des 3. Buches werden die literarischen Selbstreflexionen wieder bildgewaltig ausgestellt, diesmal als inszenierter Kampf zwischen den Gattungen, die sich des Dichters als ihres künstlerischen Adepten bemächtigen wollen. Hier sind es Elegie und Tragödie, die miteinander ringen, wobei die Elegie mit dem reinhellen Plätschern von in der Manier des hellenistischen Dichters Kallimachos beschriebenen Quellen im Hintergrund auftritt, während die Tragödie, dem Stoff angemessen, finster dreinschaut. Die leichtfüßige Elegie soll, wen überrascht es, die Oberhand behalten – vorläufig: Der Dichter wird noch ein Büchlein Elegien nachliefern, dann ist er am Ende mit seinem Stoff. *A tergo grandius urget opus* – »von hinten drängt ein größeres Werk«, lautet die Botschaft. Das kann man konkret auf die *Metamorphosen* oder auf die verlorene Tragödie *Medea* beziehen: Vielleicht hat Ovid aber auch sein *opus* als Ganzes im Blick.

Aufgeschoben ist nicht aufgehoben: Ovid lässt sich noch ein letztes Mal in die nunmehr ausgetretenen Pfade der erotischen Elegie locken. Corinna bleibt verschwunden, doch folgen noch einige Variationen der bekannten elegischen Themen, vor allem Treuebrüche und Versagensängste, die das Drama der Wiederholung (werkimmanent und poetologisch) signifikant werden lassen. Eingeflochten ist mit 3,5 ein bukolischer Traum, der die Landfluchtszenarien Tibulls variiert. Das sich wenig später anschließende Trauergedicht auf Tibull (3,9) erhält dadurch eine autoreflexive Note; zugleich dient es dem Dichter dazu, mit der Trauer ein altbewährtes elegisches Thema in Erinnerung zu rufen. Der Katalog verliebter Flüsse (3,6) gehört zu den umfänglichsten Elegien der *Amores* und antizipiert erotische Konstellationen der *Metamorphosen.* Auf aitiologische Gelehrsamkeit (3,13) folgt am Ende (3,15) der förmliche Abschied von der Liebeselegie, der als *sphragis* gestaltet ist.

Wie man (nicht) lieben soll: Liebeskunst und Gegengifte (*Ars amatoria, Remedia amoris*)

Ovids berühmtes erotisches Lehrgedicht, die *Ars amatoria*, soll ein Hauptanlass für seine Verbannung ins verhasste Exil nach Tomis gewesen sein. Tatsächlich belegen die Quellen, dass Augustus mit zunehmendem Alter immer strengere moralische Maßstäbe entwickelte und die Römerinnen und Römer wieder auf das alte Wunschbild einer traditionellen Familie mit aufrechtem Familienvater und sittenstrenger Matrone einschwören wollte. Diese Entwicklung zeichnete sich allerdings lange vor dem Erscheinen der *Ars amatoria* ab: Man denke etwa an die Verschärfung der Ehegesetze im Rahmen der *leges Iuliae* des Jahres 18 v. Chr. Die *Ars amatoria*, um die Zeitenwende publiziert, wurde jahrelang unbeschadet gelesen, bevor der Autor dafür zur Rechenschaft gezogen und aus Rom entfernt wurde. Solange sollte der gestrenge Augustus das Lektüretreiben geduldet haben? Dass das wenig plausibel ist, ist vielfach bemerkt worden. Was, wenn Ovid diesen Mythos geschaffen hätte, um seinem ohnehin schon frivolen Werk die größtmögliche Aufmerksamkeit zu sichern? Dieser Verdacht schwebt nach wie vor im Raum. Doch hat das Thema »Liebeskunst« natürlich auch um seiner selbst willen unzählige

Satyr und Nymphe, Wandgemälde aus Pompeji, Casa degli Epigrammi (ca. 52–79 n. Chr.)

Leser-Generationen angezogen (und auch abgestoßen). Der Erfolg der beiden ersten Bücher hat Ovid dazu ermuntert, ein drittes Buch zu gestalten, das sich nun nicht, wie bisher, an der männlichen Perspektive orientiert, sondern die weibliche ins Zentrum rückt.

Die 5 raffiniertesten Liebestipps für Männer:

1. Wenn du sie begrapschen willst, dann tu es immerhin dezent.
2. Versprich ihr das Blaue vom Himmel. Aber schenk ihr nicht zu viel.
3. Stutz dein Nasenhaar (aber rasier dich nicht überall) und vermeide Mundgeruch.
4. Setz auf die Erfahrung älterer Frauen.
5. Nimm dir Zeit beim Liebesspiel.

Der Auftakt dieser ›Liebesgrammatik‹ ist symptomatisch für das Selbstbewusstsein des Verfassers: *Si quis in hoc artem populo non novit amandi, hoc legat et lecto carmine doctus amet*: »Falls einer aus diesem Volke die Liebeskunst nicht kennt, lese er dies, und nach der Lektüre des Gedichts wird er ein kundiger Liebhaber sein«. Der Leser wird in seiner Neugier angesprochen, die Theorie, hier die Lektüre, verspricht praktischen Erfolg. Damit bedient Ovid ein zeitloses menschliches Grundbedürfnis nach praktischen Ratgebern in wichtigen Lebensfragen.

Wie in allen anderen Genres variiert Ovid auch hier die Tradition in einer Weise, die Altbewährtes mit Neuem kombiniert. Das fängt beim Metrum an: Er setzt elegische Distichen an die Stelle des in der Gattung etablierten Hexameters. Die Bücher sind nicht in einzelne Stücke untergliedert, sondern ganzheitlich konzipiert und im Umfang relativ konstant: 772 Versen in Buch 1 stehen 746 Verse in Buch 2 und 812 Verse in Buch 3 gegenüber; das geringe Mehr an Versen im letzten Buch mag auch als Kompensation dafür angesehen werden, dass der weiblichen Sichtweise ja nur ein Buch gewidmet ist. Trotz der fehlenden Strukturmerkmale lassen sich thematische Sinneinheiten erkennen, die eine Untergliederung möglich machen. Zunächst geht es um die Jagd: Wie findet man eine Frau? Im Anschluss werden Strategien der Eroberung der avisierten Beute geboten. Es folgen auf eine mögliche gemeinsame Zukunft hin orientierte Fragen, bevor schließlich auch die reife Phase der Liebe ins Auge gefasst wird. Der Liebeslehrer will, scheint es, nichts dem Zufall überlassen.

Die 5 raffiniertesten Liebestipps für Frauen:

1. Bist du sehr klein, dann erwarte deinen Liebhaber im Bett liegend, die Füße unter der Decke versteckt.
2. Achte auf deine Tischmanieren.
3. Lass dich von ihm – vorgetäuscht – in flagranti erwischen, um ihn eifersüchtig zu machen.
4. Rasier die Achsel- und Beinhaare. Keine zusammengewachsenen Augenbrauen!
5. Hast du mal keine Lust, dann täusch sie vor.

Im Vordergrund stehen pragmatische Fragenkomplexe wie die nach geeigneten Lokalitäten: Es werden verschiedene Orte und Treffpunkte fürs Beutemachen vorgestellt und geprüft.

Am wichtigsten sind öffentliche Räume wie Theater, Zirkus, Arena oder Gastmähler; die Vergnügungsstätten schlechthin ergeben eine Art erotisches Panoptikum. Zum richtigen Ort kommt der richtige Zeitpunkt, der *kairós*. Wann ist der Erfolg am wahrscheinlichsten? Besonders wichtig sind ohne Zweifel die Modalitäten: Mit welchen Mitteln erobert man erfolgreich? Natürlich sind rhetorische Qualitäten nicht zu verachten: Sie bestehen wesentlich in der Kunst der Überredung, im Schmeicheln, im Versprechen und Komplimentemachen, in Krokodilstränen, in Nachsicht, Lob und Anerkennung, aber auch in gepflegten Betrügereien. Unter den psychologischen Ratschlägen rangiert der Aufbau eines gesunden Selbstvertrauens an erster Stelle. Affektive (Geber- und Nehmer-) Qualitäten können ebensowenig schaden wie gespielte Eifersuchtsdramen. Vor- und Nachteile von Trennungen (auch auf Zeit) werden erwogen. Früh schon soll man die Bereitschaft zeigen, den Partner im Krankheitsfalle zu pflegen: Ovid entwickelt auch eine regelrechte Homöopathie der Liebe. Was die Physis angeht, so empfiehlt es sich in bestimmten Situationen, inneres Leid durch äußeres Elend abzubilden oder gar vorzutäuschen, um Mitgefühl beim begehrten Objekt zu evozieren: So soll man sich z. B. nicht vollstopfen, um den Effekt pathologischer Magerkeit nicht zu verderben. In jeder Hinsicht gilt Diskretion als oberstes Gebot. Das verrät die hintergründige soziale Dimension des erotischen Diskurses, die sich auch in der immanenten Bedeutung von Medien und Gaben kundtut oder in instrumentalisierten *social connections* wie aus dem Topoi-Arsenal der Komödie entlehnten Pakten mit dem Personal. Auch so werden Verbindlichkeiten geschaffen.

Breiten Raum nehmen die Schönheitstipps für beide Seiten

ein – man könnte einen erfolgreichen Blog mit ihnen unterhalten. Reizvoller erscheinen mir jedoch die Ratschläge, über körperliche Mängel hinwegzusehen und sie in eine verhüllende Sprache zu kleiden: So wird aus einer Schieläugigen die »Venusgleiche«, aus einer Hageren eine »Grazile«, aus einer Dicken eine »Üppige«, aus einer zu klein Geratenen eine »Handliche« (2,640 ff.). Bei physischer Benachteiligung hat Ovid auch technische Tricks parat: Kleine Frauen z. B. sollten ihre Lover nur liegend und mit unter der Decke verborgenen Füßen empfangen, um über ihr Defizit hinwegzutäuschen.

**Richtig Komplimente machen –
ein kleiner Leitfaden:**

1. Wenn sie schielt, sag ihr, sie sei »venusgleich«
2. Ist sie dick, nenn sie »üppig«
3. Ist sie hager, nenn sie »grazil«
4. Ist sie klein, dann lob sie als »handlich«
5. Hat sie graue Augen, dann vergleich sie mit der Göttin Minerva

Zu den erfolgversprechenden Medien gehören Briefe, in denen man der Liebsten dezidiert das Blaue vom Himmel versprechen soll. Wahrheit ist kein Kriterium für den erfolgreichen Liebhaber. Wer vielgleisig fährt, darf nicht engstirnig sein: Aufrichtige Eifersucht steht dem ovidischen Liebhaber nicht gut zu Gesicht, wie er mit Blick auf sein eigenes Verhalten formuliert. Um seinen Ratschlägen Nachdruck zu verleihen, referiert der Autor immer mal wieder auf seine persönlichen Erfahrungen (über deren Existenz man im Zweifel sein darf.

Besser, man versucht erst gar nicht, ihnen auf den Grund zu gehen). Materielle oder psychologische Tipps wechseln mit ganz konkreten Hilfestellungen: So darf man etwa durchaus übergriffig werden und seiner Angebeteten auf den Zuschauerrängen des Circus Maximus auch nicht vorhandenen Staub vom Kleid bürsten, während sie mit den Augen das Wagenrennen verfolgt. Gelehrter Mythenstoff wird nicht selten beiläufig eingeflochten – und doch meistens hintergründig genug, wie die Erzählung vom »Raub der Sabinerinnen« und von der von Bacchus überwältigten Ariadne bei den Reflexionen über Kontaktmöglichkeiten im Theater.

An den elegischen Diskurs lehnt sich Ovid dort besonders eng an, wo er die Liebe in den Bildern des Kriegsdienstes einfängt (Buch 2): Die Metapher erlaubt es, von den Liebhabern strikten Gehorsam gegenüber ihren Angebeteten, den *puellae*, zu fordern. Da es sich in der Regel ums Fremdgehen handelt, wird auch die Situation des In-flagranti-Erwischtwerdens durch den überraschend heimkehrenden Gemahl imaginiert, aber auch diese bevorzugt in stilisierter Form. So empfiehlt es sich z. B., die zum verbotenen Stelldichein eingekehrten Liebhaber künstlich aufzuschrecken, um sie in unsicherer Spannung zu halten. Dazu bediene sich die Geliebte einer intrigenfesten Sklavin, die im – künstlich herbeigeführten – entscheidenden Moment der angeblichen Heimkehr des Gatten dramatisch-aufgeregte Gesten an den Tag legt und »*perimus!*« – »Wir sind verloren!« – ruft, woraufhin sich der heimliche Liebhaber im schon damals für diese Zwecke beliebten Schrank zu verstecken hat – und das ohne wirklichen Grund. Auch solche Tricks sind weniger, wie der Autor behauptet, von ihm selbst faktisch erprobt als vielmehr standardisierten Alltagssituationen und vor allem der literarischen (mythischen und erotodidaktisch-epigrammatischen) Tradition entnommen.

Auch an diesen Stilisierungen mag es liegen, dass Ovid nie ins Derbe oder Obszöne abgleitet, wiewohl er der thematischen Brisanz ins Antlitz blickt (3,769 f.): *alma Dione / ›praecipue nostrum est, quod pudet‹, inquit ›opus‹* – »denn das Peinliche ist im besonderen Maße unsere Sache«, spricht die huldvolle Venus [als göttliche Patronin der delikaten Liebeshändel]«. Ans Eingemachte geht es zwar auch: So schildert Ovid am Ende von Buch 2 die Freuden des synchronen Orgasmus. Dabei verhehlt er unter dem Lemma der *relaxatio*, der »Entspannung«, nicht seine Präferenz der Frauen- gegenüber der Knabenliebe. Während die lateinische Literatur, besonders in der Zeit unmittelbar vor Ovid (z. B. Catull), reich ist an Beispielen für einen unverhüllten, sexuell drastischen Sprachgebrauch, mag für Ovid die besondere Herausforderung darin gelegen haben, dieses heikle Thema gerade nicht mit sprachlich-hemmungsloser Attitüde zu bewältigen, sondern auch hier die Mittel einer gehobenen Ästhetik auszuschöpfen und neu zu arrangieren. Der Reiz liegt also gerade in der ästhetischen Verbrämung des intrikaten Sujets.

Besonders gelungen ist der Übergang von Buch 2 zu Buch 3, der das Desiderat der weiblichen Perspektive schon vorbereitet. Hier lässt sich der Autor von den aus dem bloßen Objektstatus herausdrängenden *puellae* bitten, auch sie zu belehren: Er wird zum umfassenden *praeceptor amoris*, alle haben ihr Wissen dem Wissenskünstler *Naso* zu verdanken. Programmatisch stellt er mythische Figuren voran, darunter die Amazonenkönigin Penthesilea. Einem allgemeiner gehaltenen Lob der Zivilisation folgen ausführlichere Hinweise zur Körperpflege als Visitenkarte auch der erfolgreichen Liebhaberin: Sie umfassen Haare, Kleider, das Kaschieren von Fehlern, aber auch – und hier wird's besonders didaktisch – die Erlernbarkeit von Anmut, Tanz, Musik und Spiel. Wieder werden die besten Treffpunkte nach Art eines Veranstaltungskalenders vorgestellt. Gratis gibt es auch eine regelrechte Männertypologie, die den geeigneten Medien (z. B. Geschenke, Briefe) angepasst ist (3,525 ff.). Auch hier bleiben Klischees nicht außen vor, was etwa die »Tugend« weiblicher Zurückhaltung oder das Simulieren von Verliebtheit angeht, womit das Eroberer-Gen des Mannes bespielt werden soll. Mit dem Personalreigen, bestehend aus Ehemännern, Rivalen, (falschen) Freundinnen, ist behutsam zu verfahren. Während Leichtgläubigkeit (*credulitas*) zu vermeiden ist, sollten die Tischmanieren passen: Eine potentielle Geliebte, die sich den Bauch vollschlägt oder mit fettigen Fingern ihr Gesicht verschmiert, hat man schon damals nicht so gerne gesehen (3,745 ff.).

War schon am Ende des 2. Buchs das Liebesspiel ins Visier gerückt, werden im Ausgang des dritten Teils auch die Stellungen beim Geschlechtsverkehr durchdekliniert, für die die Frauen Maß am eigenen Körper nehmen sollten. Frigide sollen ihre Lustlosigkeit nicht zu erkennen geben – hier täuscht der Autor durch einen rhetorischen Kommentar wieder falsche Scham vor (*a! pudet*). Dabei befinden wir uns bereits inmitten eines mit Täuschungen und Tricks angereicherten Schauspiels. Im Ganzen bleibt Ovid auch hier so diskret, wie es sich für einen Künstler – d. h. hier Wortakrobaten – der Liebe gehört.

Die *Ars amatoria* fand in allen drei Partien so großen Anklang, dass Ovid sich an eine Fortsetzung machte. Nun wäre er nicht Ovid, wenn er nicht auch dabei das Prinzip des *variatio delectat* beherzigte: Er geht das Thema Liebe von der anderen Seite an und verfasst ein quasi therapeutisches Werk, die *Remedia amoris* (»Heilmittel gegen die Liebe«). Sie umfassen 814 Verse und sind bald nach der Zeitenwende entstanden. Man kann sie als tiefergehendes, melancholisches Komplement der *Ars* bezeichnen: So sollen sie allzu Verliebten, die mit dem Tode liebäugeln, Trost und ganz konkret auch seelisch-geistige Stärke vermitteln. Auch dieses Thema der Selbstermannung und emotionalen Kältetherapie ist aus der erotischen Literatur bekannt (paradigmatisch: Catulls Gedicht 8). Ovid verleiht ihm jedoch einen systematischen und zugleich – subversiv, wie es seine Art ist – parodistischen Charakter. Worin der besteht, verrät uns der Text schon zu Beginn: Im Proömium wird einmal mehr das apologetisch eingefärbte Ringen um des Dichters Gattungswahl ins Bild gesetzt. Amor selbst fühlt sich mal wieder düpiert, da er glaubt, nun ziehe der Dichter mit seinen Versen gezielt gegen ihn zu Felde. Daher der Vorwurf des Liebesgottes: *Bella mihi, video, bella parantur (ait)*, V. 2 (»Krieg gegen mich, sehe ich, Krieg wird vorbereitet«). Entschieden weist Ovid diese Kritik von sich. Schließlich könnte sich ja nach erfolgreicher Schmerztherapie sogar der nette Nebeneffekt einstellen, dass der Geheilte wieder zur »Liebeskunst« greift, um sein Glück erneut – und in gestärkter Position – zu versuchen. Gleichwohl ist in diesem therapeutischen Werk Apoll der Referenzgott, steht er doch auch für die Jatrik, die Heilkunst: *tu pariter vati, pariter succurre medenti / utraque tutelae subdita cura tuae est* – Apoll soll nun dem Dichter wie dem Arzt zu Hilfe kommen (V. 77 f.). Damit ist sichergestellt, dass dem Leser auch hier wieder eine Technik vermittelt wird – auch die *remedia* präsentieren sich als ein didaktisches Gedicht. Tatsächlich wird aber nun auch Apoll als Gott der Therapie, des Ent-Liebens, der Rückkehr in die angestammte Ordnung inventarisiert, zum Ensemble-Mitglied der dichterischen Liebes-Kunst-Welt gemacht.

Was die inhaltliche, praktische Ebene angeht, so werden zwei Typen von unglücklichen und daher zu beendenden Beziehungen unterschieden: solche, die noch neu sind, und solche, die schon längere Zeit bestehen. Für den ersten Beziehungstyp arbeitet Ovid Ratschläge aus, wie man die emotionale Regung möglichst früh unterbinden könne: Sie sind sprichwörtlich geworden im Imperativ *principiis obsta* (»Wehre den Anfängen«: V. 91). Für den Fortgeschrittenen entwickelt der Liebestherapeut ein Prinzip des physischen Überdrusses: Hier kann der eigentliche Heilungsprozess, die psychische Distanznahme, ansetzen (V. 115–134). Diese wird begünstigt durch räumliche Entfernung, also Reisen oder Flucht aufs Land (V. 135–248), und auch durch den – vorläufigen! – Verzicht auf

5 Tipps bei Liebeskummer:

1. Geh auf Reisen
2. Beschäftige dich
3. Red dir ein, dass sie/er dir nicht gut tut
4. Stell den/die Ex öffentlich bloß
5. Verlieb dich neu

erotische Lektüren. Da Zaubermittel wie stets als wenig hilfreich eingestuft werden, empfiehlt der Dichter neben der Beschäftigungstherapie eine Art Autosuggestionstechnik, bei der der Betroffene sich selbst mit wiederholten Monologen zur Räson bringt (V. 299–330). Der angestrebte Erfolg lässt sich mit einer Vielzahl psychologischer Tricks unterstützen, die in der

Hauptsache der öffentlichen Bloßstellung – auch hier greift wieder die bei Ovid ungemein wichtige soziale Dimension – der Partnerin dienen: So solle man z. B eine nicht stimmbegabte Partnerin in der Öffentlichkeit zum Singen überreden (V. 331–356) oder eine mit schlechten Zähnen zum Lachen verführen (V. 339). Als besonders prekär ist der Rat einzustufen, sich die körperlichen Mängel des vom Sex ermatteten Partners eindringlich vor Augen zu führen (V. 420 ff.). Unabhängig davon, wie sich diese Maßnahmen auswirken, soll sich der Liebesleidende einen weiteren Partner suchen und zu lieben üben, um seine Indifferenz gegenüber dem angestammten zu trainieren (V. 441–488; 489–522) und sich langfristig zu emanzipieren. So kann er wieder ein – konstruktiver! – Teil der Gesellschaft werden und an deren Events in geordneter, den Maßgaben des Kunst-Gottes Apoll genügender Verfassung teilnehmen: Der Weg zum Ziel führt über Besuche bei Freunden hin zu jenen kulturellen Veranstaltungen, die ihn wieder zum Jäger und damit zum Schützling Amors werden lassen könnten (V. 579–608).

Auch die Gefahren eines Rückfalls thematisiert Ovid, um seinen Liebesschüler gegen Eventualitäten zu wappnen (V. 609–698). Die Strategie besteht hier wesentlich in meditativen Übungen, die man auch auf Flyern in heutigen psychotherapeutischen Praxen beschrieben finden könnte: Dazu gehört u. a. ein Bewusstseinstraining zur Selbsterhärtung gegenüber potentiellen Rivalen im Liebesreigen (V. 673–794). Mit symbolisch wirksamen Aktionen wie der feierlichen Verbrennung von Liebesbriefen, Porträts u. a. wird Katharsis, Selbstreinigung von den unliebsam gewordenen Affekten, erzielt. Ovid schließt mit einer ironischen Selbstreferenz: Ist sein Büchlein durchgelesen und damit gleichsam automatisch wirksam geworden, so können die Leser dem Dichter am Ende ein Dankopfer (statt eines ärztlichen Honorars) darbringen (V. 811–814). Die Ratschläge sind, wie unschwer zu erkennen, wieder hauptsächlich an Männer gerichtet; doch sollen sie auch für die Damenwelt exemplarischen Charakter haben (V. 49 ff.).

Rezeptur für glatte Haut:

Man nehme 2 Pfund Gerste (aus Libyen; Gewicht ohne Schale), trenne sie von der Spreu und ziehe die Hülse ab. Man füge etwa die gleiche Menge an Linsen hinzu, die mit 10 Eiern befeuchtet worden sind; die Mischung muss luftgetrocknet und gemahlen werden. Dann sammle man Stangen von abgeworfenem Hirschgeweih und schabe sie ab, das Erzeugnis füge man der Mischung bei, ebenso wie 1/6 As (Münze) sowie gestäubtes und gesiebtes Mehl und 12 Narzissenzwiebeln (ohne Schale). Alles zusammen werde in einem Marmorgefäß mit der Hand ›gestampft‹ und mit 1/6 Gummi sowie neunmal soviel Honig vermischt. Aufs Gesicht aufgetragen – und glatt ist die Haut!

Als Seitenstück mit eher weiblicher Perspektive können die *Medicamina faciei femineae* gelten: Sie sind etwas früher – um 1 v. Chr. – entstanden und umfassen nur ca. 100 Verse. Dieses kleine, ebenfalls in elegischen Distichen verfasste Lehrgedichtsfragment hat Eingang in eine Vielzahl von Ovidmanuskripten gefunden, wiewohl es als sein am wenigsten rezipiertes Werk gilt. Dabei ist es kaum weniger aktuell als die anderen Texte, handelt es sich doch um eine veritable pharmazeutische Rezeptsammlung, die erste in lateinischer Sprache, die sogar mit konkreten Mengenangaben für die Herstellung von Schönheitsmitteln operiert. Dafür werden vier konkrete Rezepturen entwickelt, die für eine porentief reine Haut sorgen, zur Beseitigung entstellender Gesichtsflecken beitragen, eine ideale Schminkgrundlage und einen Make-up-Entferner bieten.

Ovid, der Frauenversteher: Die *Heroides*

Mit den *Heroides* (»Heroidenbriefe«) wird Ovid zum Schöpfer einer neuen literarischen Gattung: Die konsequent aus der Sicht der verlassenen Geliebten verfassten fiktiven Briefe an die abtrünnigen oder abwesenden Liebhaber bieten das eigentliche, psychologisch gewendete Gegenstück zu der genuin männlichen Perspektive der *Amores*. Es handelt sich um 21 Briefe, von denen einige in ihrer Echtheit umstritten sind – d. h. es wird bezweifelt, dass Ovid ihr Verfasser ist. Dazu gehören der Brief 15 (Sappho an Phaon) sowie die drei Briefpaare Nr. 16–21. Der Sappho-Brief wird vor allem aufgrund des Umstands, dass es sich um die einzige literarhistorisch fassbare Autorin handelt, für unecht befunden, die Briefpaare hingegen aufgrund der Struktur, da in ihnen auch die Männer zu Wort kommen und dies einen markanten Unterschied zum Rest der Briefsammlung darstellt.

In den 15 Briefen des 1. Buches wenden sich populäre, aber auch weniger bekannte mythische Heldinnen an ihre entschwundenen Lover, um deren Treulosigkeit zu beklagen oder ihre Rückkehr zu erbitten – mit den ihnen verbliebenen Mitteln. Dabei wird ein breites psychologisches Argumentationsspektrum geboten, eine Art Liebespanorama mit besonderem

Akzent auf dem Medium der Schrift und dem Material des Briefes, wodurch die Trennung vom Partner für einen Moment kompensiert werden soll. Im Vergleich zu den technischen Details der *Ars* oder der Ästhetik der *Amores* wirkt dies psychologisch ausgereifter; zugleich bleibt die Reflexion auf die Poiesis, den Prozess des Liebesbriefschreibens, gewahrt. Die Perspektiven reichen von der treuen Liebe Penelopes zum fernen Odysseus, der selbstzerstörerischen Leidenschaft der Dido für den abtrünnigen Aeneas über inzestuöse Liebesverhältnisse wie jenes der Ariadne-Schwester und Theseus-Geliebten Phaedra zu ihrem Stiefsohn Hippolytus und das der Canace zu ihrem Bruder Macareus, mit dem sie gar ein Kind hat – Stoffe, die zum Teil auch in anderen Werken Ovids verarbeitet sind. Kennzeichnend für die Mehrzahl der schreibenden Heroinen ist die Dimension des »future reflexive« (Barchiesi 2001, S. 105–127): Wiewohl durch die Stofftradition festgelegt und dem Leser in der Regel bekannt, bleibt das eigene Schicksal der Heldin selbst noch verborgen. Wunsch und Wollen der schreibenden Heldin stehen gegen den unerbittlichen Willen der literarischen Tradition. Sehen wir uns im Folgenden einige besonders lesenswerte Briefe an!

Den Auftakt bildet eine vom Schicksal am Ende begünstigte Heldin: Penelope als Inbegriff der treuen Gattin, auf die Ovid auch sonst – u. a. in den Exilelegien mit Blick auf seine eigene Gattin – gerne referiert. Während Odysseus fern von der Heimat umherirrt und seine zahllosen Bewährungsproben bestehen muss, hütet Penelope Haus und Hof, hält mit Hilfe des gemeinsamen Sohnes Telemach die um sie und die Herrschaft buhlenden Freier in Schach und wartet, ein Muster an Geduld, auf die Rückkehr des schweifenden Gatten. Der Duktus ihres Briefes ist von Selbstzweifeln geprägt: Ob der ferne Odysseus etwa in den entscheidenden Szenen seines Lebens an sie gedacht hat? Penelope ist sich ihrer Rolle im epischen Erinnerungsgefüge, das ja in der Texttradition bis zu Homer zurückreicht, nicht sicher; die Selbstzweifel gehen soweit, dass sie ihre Identität in Frage stellt. Ihr Schreiben dient also auch der Selbstvergewisserung. Ihre weitere Existenz hängt in gewisser Weise am Schreibmaterial, weshalb sie den Brief so oft vervielfältigt, bis jeder einen erhalten hat, der ein Überbringer an das Objekt der Sehnsucht, Odysseus, sein könnte. Das kann jeder zufällig anlandende Fremde sein (*quisquis*, V. 59). Ihr Zustand stabilisiert sich vorübergehend, nachdem sie allerlei Verlustszenen brieflich imaginiert hat, und allmählich stellt sich eine Gewissheit darüber ein, dass Odysseus sie nicht vergessen haben kann. Am Ende kehrt die Unsicherheit zurück, denn nun kommt mit dem Alter auch das Problem des psychischen Verfalls ins Spiel: Ob sich die Erinnerung des Odysseus nicht doch angesichts ihres Alterungsprozesses eintrüben könnte – er sie also nicht als seine ›alte‹ Penelope wiedererkenne, wenn er vor ihr stehe? Der abschließende Halbvers *facta videbor anus* (»ich werde dir wie eine alte Frau vorkommen«, 116) konstatiert dieses Faktum nüchtern – für die Schreiberin muss offen bleiben, was passiert.

Gehört Penelope zum festen Ensemble der populären mythischen Ehefrauen, so bleiben Briseis und Oinone eher im Hintergrund präsent. In der *Ilias* ist Briseis als Auslöserin des Zwistes zwischen Achill und Agamemnon – beide wollen sie haben – in das Machtgefüge eingewoben. Eine eigene Stimme erhält sie bereits in der Totenklage im letzten Werkdrittel. Bei Ovid wird ihre Perspektive wieder komplexer, auch hier vor allem durch die brisante Mischung aus Gewissheit und Selbstzweifel, die den Brief kennzeichnet: Der Gewissheit, dass

Achill ihren Brief lesen werde, steht ihre Unsicherheit über dessen Lesbarkeit gegenüber, bedingt durch die Sprachprobleme einer Nicht-Griechin (*barbarica Graeca*, V. 2) und die materiellen Beeinträchtigungen, die durch die typischen Tränenflecken verursacht sind. Nur scheinbar bescheiden, plädiert sie für ein Ritardando – einen Aufschub hätte Achill sich ausbedingen müssen, bevor er sie als seine Lieblingssklavin dem Agamemnon übergab. Diese Briseis wollte also den motivischen Rahmen nicht sprengen, aber ihre liebende und fordernde Stimme im angemessen abgezirkelten Raum erhört wissen.

Frauen beschimpfen ihre Männer – Top 5:

1. Dido: Aeneas sei von Bestien gezeugt und taub
2. Ariadne: Theseus sei härter als Kieselstein und hinterlistig
3. Helena: Paris sei leichter als Blätter
4. Medea: Jason sei ein treuloser Lügner, ein Schuft
5. Penelope: Odysseus sei eisern und träge

Weitaus selbstbewusster die Trojanerin Oinone, die Flusspriesterin und ehemalige Partnerin des Paris, die aus dem Schatten der alles überstrahlenden Helena heraus schreiben muss. So macht sie deutlich, dass sie sich trotz ihrer Herkunft für die Rolle der Königin eigne. Nachdrücklich fordert sie (allerdings in einem textkritisch umstrittenen Passus), dass Paris ihren Brief lesen solle: *Nympha suo Paridi quamvis suus esse recuset, mittit ab Idaeis verba legenda iugis* (»Die Nymphe schickt ihrem Paris vom Ida-Gebirge diesen Text zur Lektüre, mag er auch von sich weisen, dass er der Ihre sei«, V. 1 f.). Deswegen auch das Possessivpronomen: *suo Paridi*, »ihre[n] Paris«, nennt sie ihren Exgeliebten in der Gewissheit einer selbstsicheren und emanzipierten Briefschreiberin.

Etwas anders stellt sich die Lage bei Ariadne dar, die schon bei früheren Dichtern eine Stimme erhalten hatte (u. a. in Catulls Gedicht 64). War sie schon bei Catull nicht mehr nur von Verzweiflung überwältigt, sondern zu selbstbewusster Klage fähig und durch die »Übernahme« durch den Gott Bakchus vollständig rehabilitiert, so erscheint sie als *scripta puella* bei Ovid erst recht sprachbegabt und selbstreflexiv. Als Theseus sie am Strand von Naxos zurückließ, hat er nicht nur die Grenzen des guten Geschmacks überschritten, sondern auch das elegische Konzept des Betrügens überspannt, indem er sein Opfer im Schlaf täuschte und damit auf dessen vollständige Handlungsunfähigkeit setzte. Ihre grenzenlose Enttäuschung weiß sie effizient zu versprachlichen: Im Halbschlaf noch habe sie nach ihm gegriffen, der längst schon zum fernen Schemen, zum Niemand verblasst war (*nullus erat*).

Bleiben noch zwei rasende Damen zu erwähnen, die Inbegriff weiblichen Selbstbewusstseins sind und sozusagen Gegenkonzepte zu den anderen Protagonistinnen verkörpern. Zum einen Phaedra, Idealtypus der bösen, lüsternen Stiefmutter, die sich an ihrem Stiefsohn Hippolytus vergehen will, der aber, wohlsortiert, sein Leben der Jagdgöttin Diana geweiht hat und es in Keuschheit verbringen will. Da sie sich verschmäht sieht, ersinnt Phaedra gegenüber dem nichtsahnenden Gatten Theseus (der ja wiederum ihre Schwester Ariadne kaltblütig auf der Insel Naxos zurückgelassen hatte, uneingedenk ihrer großen Hilfe mit dem Faden, der ihn durchs Labyrinth führte und zur Erlegung des hässlichen, kinderfressenden Mischwesens Minotaurus befähigte) die perfide Lüge, der Stiefsohn habe sich an ihr vergehen wollen, welcher daraufhin durch das unvermittelte Auftauchen eines stierähnlichen Meeresungeheuers, das Neptun nach der Verfluchung des Sohnes durch den Vater geschickt hatte, von seinem Pferdewagen geschleudert und zu Tode geschmettert wurde. Brutal! Doch von diesen Grausamkeiten erfahren wir in Phaedras Brief gar nichts. Ovid lässt sie den Augenblick vor der dramatischen Wende einfangen: Mithilfe des Briefes will sie dem Stiefsohn ihre Liebe offenbaren. Die Zwielichtigkeit dieser Phaedra erhellt aus Fragen wie dieser: »Was kann ein gelesener Brief schon schaden?« (*quid epistula lecta nocebit?*, V. 3) und der vorausgeschalteten Aufforderung: *Perlege, quodcumque est* – »lies durch, was auch immer es ist«. Phaedra will den Stiefsohn, wenn sie ihn schon nicht zum Liebesakt überreden kann, wenigstens zur indiskreten Lektüre verführen. Dabei scheut sie vor der mündlichen Kommunikation zurück und beruft sich zum Selbstschutz, das kennen wir, auf Amor als unbezwingbaren Motor ihres Schreibhandelns. Später freilich flicht sie geschickt Schriftkritik ein: Wenn sie ihm das Unerhörte offenbart, sollen es doch nur nichtige Worte sein: *nomina vana* (V. 130). Diese Frau ist zu allem fähig, denn sie misstraut der Kunst und missbraucht sie zugleich.

Den Inbegriff der Selbstherrlichkeit verkörpert ohne Zweifel Medea, die auch in den *Metamorphosen* als selbstbezogene Figur gestaltet ist. Medea führt durch ihre Flucht mit Jason einen radikalen Bruch mit ihrer bewährten Lebensform herbei. Mit ihrer sozialen Identität ist ihre sprachliche aufs Engste verknüpft: In den gleichnamigen Tragödien des Euripides und des Seneca besteht Medea geradezu in ihrer Sprachfähigkeit. Nach Jasons Wortbruch überlebt sie auch im Moment des radikalen Verlusts aller äußeren Güter, die ihre Identität ausgemacht hatten, durch ihre Rede. Diese wortgewaltige Medea vor allem ist auch in den postmodernen Adaptionen rezipiert worden (Christa Wolf, Heiner Müller). Die *Medea*-Tragödie Ovids ist zwar nicht erhalten; die feinsinnige Psychologie der Protagonistin in ihrer Spannung aus *furor* und Selbstreflexion tritt aber sowohl in den *Metamorphosen* (7,10–71) als auch im 12. *Heroidenbrief* zutage. Auch hier präsentiert sie sich selbstbewusst als Geschöpf ihrer eigenen Geschichte. Dabei erweckt sie den Eindruck, als wolle sie dem Leser exklusive Einblicke in ihr Inneres gewähren. Sie ist zunächst überhaupt nicht (mehr) Medea, sondern *exul, inops, contempta* – verbannt, arm, verachtet, also ohne jegliche soziale Bindung. Einen beträchtlichen Teil ihres Selbstbewusstseins stellt sie jedoch im Laufe der brieflichen Klage an Jason wieder her – freilich sehen wir hier einen Ausschnitt aus ihrem Leben vor dem finalen Furor, dem Jasons neue Frau Creusa und sogar ihre beiden eigenen Kinder zum Opfer fallen werden, damit Medea wieder zu sich kommen kann. In Ovids Brief ist Medea frisch von Jason verlassen und das spätere Horrorszenario nur für den Leser absehbar, der aber in seiner Erwartung enttäuscht wird. Diese Medea betreibt (noch) Minimal Music: Sie bevorzugt die leisen Töne und gibt sich verhalten, denkt gar an Reue ob des bisher Geschehenen, das jedoch zugleich auf das Kommende vorausweist (V. 212: *facti fortasse pigebit*).

Interessant ist der Vergleich mit einer anderen von Jason verlassenen Königsschönen, der Amazone Hypsipyle: Sie schreibt an den Entlaufenen, indem sie konkrete Forderungen stellt. Auffällig nun, dass sie die Tatsachen durchaus akzeptiert, aber das Fehlen eines Briefes – *scriptum* – beklagt, in welchem Jason ihr seinen Plan selbst – *ipse* – hätte mitteilen müs-

Frederick Sandys: *Medea* (1868)

sen. Die Briefleerstelle in diesem kommunikativen Gefüge füllt sie nun mit ihrem eigenen Schreiben an den Verflossenen, in dem sie ihm nicht nur ihre Liebe, sondern eben auch die Regeln zwischenmenschlicher Kommunikation erläutert.

Schließen wir mit einem Blick auf das wohl berühmteste Liebespaar der lateinischen Antike, auf Dido und Aeneas. Viel Schelte hat der tumbe Aeneas dafür erfahren, dass er der Stimme der Götter gefolgt und seinem Auftrag der Eroberung eines fremden Territoriums – Latiums – nachgekommen ist, dafür aber seine afrikanische Geliebte, Königin Dido von Karthago, verlassen hat. Diese Dido, selbst eine Geflohene, war solange emanzipiert, bis der Trojaner sie eroberte – unterschiedlich die Deutungen, ob dies mit oder gegen ihren Willen geschah und wieviel »Schuld« sie selbst oder die intriganten Machenschaften der Göttinnen Venus und Juno daran trugen. Vielfach ist diese traurige Lovestory auch als Drama gelesen worden. War Dido im bekanntesten ›Dokument‹ dieser Liebe, Vergils *Aeneis*, verbittert und stimmlos in den Tod gegangen und in der Unterwelt in ihre Vergangenheit, zu ihrem vormaligen Gatten Sychaeus, zurückgekehrt, so lässt Ovid sie mit ihrem Brief an Aeneas ihr altes Selbstbewusstsein und ihre Stimmgewalt wiederherstellen. Ihre Liebe zum trojanischen Flüchtling erscheint als eine biographische Episode, die konsequent zur Versprachlichung drängt: Die Referenzen auf die *Aeneis* sind deutlich genug, um eine solche Selbstkorrektur der Figur zu den Absichten des Autors zu rechnen. Und doch ist es eine Dido, die leidet und nicht vergessen kann (V. 29 f.: *Non tamen Aenean, quamvis male cogitat, odi; sed queror infidum questaque peius amo*: »Dennoch hasse ich Aeneas nicht, mag er auch Übles im Sinn haben; vielmehr beklage ich seine Treulosigkeit und liebe nach der Klage noch schlimmer«). Wie schlecht er auch handelt, sie hasst ihn nicht, bleibt sich also treu; mit diesem Brief akzeptiert sie ihren Misserfolg und sich selbst als gebrochene Persönlichkeit, verschafft sich also wieder eine einheitliche Identität. Aus dieser Absicht erklärt sich auch der abschließende Wunsch nach einer spezifischen Grabinschrift; Aeneas selbst, der große Schweiger, soll Hand anlegen und folgenden Text in Stein meißeln, also auf eine schriftliche Handlung verpflichtet werden: *Praebuit Aeneas et causam mortis et ensem, ipsa sua Dido concidit usa manu*: »Aeneas gab den Anlass für den Tod und das Schwert; Dido selbst tötete sich mit eigener Hand«, V. 195 f.).

Wenn die Kunst zum Mythos wird: Die *Metamorphosen*

Im Mittelpunkt dieses Büchleins sollen die *Metamorphosen* stehen (*Metamorphoseon libri*: »Bücher der Verwandlungen«) – wie könnte es anders sein? Nicht nur ist dies der von Hans Blumenberg (siehe das Motto auf S. 1) so fein bemerkten Prägung der »europäischen Phantasie« durch die *Metamorphosen* geschuldet: Es handelt sich bei diesem Werk »(neben der Bibel) um [das] Grundbuch der abendländischen Ikonologie und literarischen Motivik« (Böhme 1997, S. 91). Mehr noch: Dieses exzeptionelle Werk bietet uns – in den Worten Jürgen Paul Schwindts – geradezu ein »Labor der Moderne«, das die *condicio humana* in allen ihren Dimensionen vermisst. Vor allem haben wir ein ästhetisches Experimentierfeld vor uns: Ovid wählt aus den vorhandenen Beständen, (de)kontextualisiert, setzt neue Akzente, erfindet und lotet das künstlerische Potential einer jeden Mythe einzeln aus.

Ohne Vorbilder oder Prätexte geht es freilich nicht – deshalb sei an dieser Stelle kurz auf sie hingewiesen. Neben den einschlägigen Epen (Homer, Hesiod, Apollonios, Vergil) steht die katalogartige hellenistische Lehrdichtung im Hintergrund. Konkret handelt es sich hier um die *Heteroiumena* (»Verwandlungssagen«) des Nikander von Kolophon (2. Jh. v. Chr.) und die Verwandlungssagen des Parthenios von Nikäa (1. Jh. v. Chr.). Das hellenistische Lehrgedicht *Ornithogoneia* des Boios (oder der Boio), in dem Verwandlungen von Menschen in Vögel erzählt werden, könnte Ovid wohl durch die Vermittlung seines Freundes und Schriftstellerkollegen Aemilius Macer in die Hände gelangt sein, der eine lateinische Bearbeitung des griechischen Textes erstellt hatte. Die hellenistische Tradition verrät sich besonders dort, wo Aitien erzählt werden, d.h. Gründungssagen, die auf einen unverrückbaren »Anfang« zu rekurrieren scheinen.

Auch der äußere Entstehungsrahmen der *Metamorphosen* sei kurz skizziert: Die *Metamorphosen* umfassen 15 Bücher von je 700 bis 900 Versen (insgesamt etwa 12 000 Verse) und sind wohl zwischen 1 und 8 n. Chr. entstanden; da sie nicht vollendet zu sein scheinen, liegt der Verdacht nahe, dass Ovid die Arbeit daran aufgrund seiner (äußeren oder inneren) Exilierung irgendwann eingestellt hat. Ovid nimmt den Anfang von der Entstehung der Welt und schlägt den Bogen über die griechisch-römische Mythologie bis zur augusteischen Jetzt-Zeit, der Zeit des Erzählers. Auf diesem Wege verarbeitet er rund 250 Mythen, wovon nicht jede im strengen Sinne eine Metamorphose bietet (z. B. Phaethon, Icarus, Pygmalion u. a.). Die Zusammenstellung wirkt bisweilen arbiträr, entpuppt sich auf den zweiten oder dritten Blick aber zumeist als ausgeklügelte Komposition, wenn populäre mit entlegenen Stoffen durchmischt sind. Dabei entzieht sich der ›Komponist‹, der Autor, seiner Fixierung, so wie das Werk ja auch herkömmliche Gattungsgrenzen (Epos, Lehrgedicht/Katalog) überschreitet: Während manche Forscher einen homogenen auktorialen Erzähler identifizieren wollen, verweisen andere auf das Prinzip der Vielstimmigkeit. Festmachen kann man jedenfalls gut 40 interne Erzähler, die 60 Episoden zur Darstellung bringen. Es sind die großen Themen der Literatur, die Ovid, der *poeta doctissimus* (»hochgelehrte Dichter«), zu einem gewaltigen Kunstwerk verfugt: Liebe, Gewalt, Krieg, Romantik, Kultur und Natur, Kunst und Wirklichkeit, Wahrheit und Täuschung, Mythos und Geschichte, Statik und Dynamik, Spiegelung und Verdopplung, Wiederholung und Unumkehrbarkeit. Im Mittelpunkt steht in der Regel ein Mensch oder eine halbgöttliche Gestalt, die in eine Pflanze, ein Tier oder ein Sternbild verwandelt wird (»Katasterismos«: »Verstirnung«). Die Metamorphose veranschaulicht eine grundlegende Spannung zwischen einer äußerlichen, körperlichen und einer innerseelischen Disposition und tritt oftmals als Vollzug einer Strafe oder Erlösung in Kraft. Es ist häufiger zu beobachten, dass in der Metamorphose eine im Verwandelten ursprünglich angelegte Qualität äußere Gestalt gewinnt, sich also gleichsam aktualisiert und sichtbar wird.

Die Tragweite des Prinzips *Metamorphose* wird dort besonders transparent, wo die Kunst selbst zum Gegenstand der Erzählung wird, in den sog. »Künstler-Mythen«, den Erzählungen von Pygmalion und Arachne, Marsyas und den Pieriden, Daedalus und Orpheus. Hier vor allem werden produktionsästhetische mit rezeptionsästhetischen Fragen verknüpft, was dem Dichter die Möglichkeit einräumt, auf das illusorische Potential der Kunst zu reflektieren (Philip Hardie, *Poetics of Illusion*) und sein ästhetisches Ideal, das darin besteht, die »Gemachtheit« oder »Künstlichkeit« der Kunst zu verbergen (*ars adeo latet arte sua*, 10,252), aus verschiedenen Perspektiven zu beleuchten. Uns Lesern fällt dabei die ebenso anspruchs- wie kunstvolle Aufgabe zu, die Komplexität des Dargebotenen immer wieder aufs Neue zu beschreiben und zu deuten. Denn dass Ovid hauptsächlich tradierte Stoffe bearbeitet, tut der Neuartigkeit seiner Darstellung keinen Abbruch: Die (zumal griechischen) Stoffe sind vorgegeben und erlauben (so schon Aristoteles in seiner *Poetik*) wenig Variation. Die Kunst liegt hier im Detail, in der Neukontextualisierung, in der spezifischen Perspektivierung, in der Konzentration auf ästhetische Nuancen. Es ist wesentlich eine Kunst der Form, der Mythos ein subsidiäres Zeichensystem für eben diese Kunst. Zu bedenken ist dabei auch die zeiträumliche Distanz zum Sujet: Ovid blickt bereits über eine große Distanz auf den Mythos als kollektives Erzählgebilde zurück; er »säkularisiert« ihn (Blumenberg 1979, S. 382–88, und Böhme, 1997, S. 91). Seinen Anspruch, mit den *Metamorphosen* zu den gegebenen Bedingungen etwas Neues zu schaffen, kleidet Ovid schon in die programmatischen Eingangsverse: *In nova fert animus mutatas dicere formas / corpora: di, coeptis (nam vos mutastis et illa) / adspirate meis primaque ab origine mundi / ad mea perpetuum deducite tempora carmen* (»Der Geist treibt mich an, von Gestalten zu künden, die in neue Körper verwandelt wurden: Götter – denn ihr habt jene ja verwandelt – verleiht meinem Beginnen Auftrieb und führt meine Dichtung von den ersten Anfängen der Welt ohne Unterbrechung bis in meine Zeiten«). Jedes Wort ist für sich genommen und im Kontext programmatisch; als zentrale Begriffe lassen sich gleichwohl *nova corpora, mutatae formae, di, origo mundi, mea tempora* und *perpetuum carmen* ausmachen. Der Geist wird zur treibenden Kraft dieser Neuschöpfung, die zugleich Thema ist, zugleich auf den Anspruch des dichterischen Schaffensprozesses verweist. Der Gattungstradition entspricht die Invokation der

Götter als Inspirationsmächte (*di … adspirate*). Indem diese Referenten jedoch durchweg zu Objekten der Verskunst degradiert – oder erhoben? – werden, ist es wohl eher der Dichter, in dessen Obhut sich die Götter befinden. Hervorzuheben ist der explizite zeitliche Fluss, der anzeigt, dass das Alte mit dem Neuen, Vergangenheit mit Gegenwart verschmolzen und das Werk mit Wucht in die Gegenwart – und die Zukunft der Leser, wie das Werkende zeigt – hineinkatapultiert wird.

Da es ein Ding der Unmöglichkeit ist, einen erschöpfenden Überblick über das Werk zu bieten (es besteht Grund zur Annahme, dass man das auch nicht können soll: Lieber lese man selbst), möchte ich mich im Folgenden auf einige Verwandlungssagen konzentrieren, die mich von jeher besonders angesprochen haben, und deren Einfluss auf die europäische Kultur ich für herausragend halte. Beginnen wir mit dem Anfang, der Urgeschichte der Menschheit.

Die 10 schrägsten Verwandlungen

1. Jupiter – Goldregen
2. Midas – Eselsohren
3. Hermaphroditus – Zwitter
4. Lycische Bauern – Frösche
5. Arachne – Spinne
6. Daphne – Lorbeer
7. Niobe – Stein
8. Statue des Hippolytos – Menschenfrau
9. Tereus – Wiedehopf
10. Philemon und Baucis – Bäume

Typisch Ovid: Seine Version der Schöpfungsgeschichte(n) gestaltet sich als ein offener Prozess, der seine Verwirklichungspotentiale bereits in sich trägt, analog dem Material und dem Chaos, aus dem »geschöpft« wird. Dass das Chaos »kunstlos« (*rudis*) war, heißt nur, dass es auf seinen Regisseur gewartet hat: Es trägt den Wunsch nach einer kunstvollen Ordnung bereits in sich, und wer könnte das leisten, wenn nicht der Dichter selbst? Unter dieser Voraussetzung macht auch die etwas eigenwillige Abfolge der Schöpfungstaten nichts aus: Aether – Sterne – Wasser – Fische – Erde – Tiere – Luft – Vögel – Mensch. An der Entstehung des Menschen war der Titanensohn Prometheus wesentlich beteiligt, den Ovid hier allerdings nur mit seinem Vaternamen (*satus Iapeto*: »Sohn des Japetos«) nennt; die Berührungen mit der biblischen Schöpfungsgeschichte (und der sumerischen und ägyptischen Tradition) sind in der Forschung reich kommentiert. Prometheus bringt den Menschen bei, ihr Antlitz zu den Sternen zu erheben, den Blick also nach oben zu richten und zum Beobachter von Welt und Kosmos zu werden; seine Rolle als Kulturtechniker der Menschheit wird hingegen von Ovid nicht beleuchtet. Sie kann er als bekannt voraussetzen – er hebt nur den generischen Aspekt hervor, der für ihn selbst, den erzählerischen Schöpfer der Genesis, der wichtigste ist. Auch hierin zeigt sich, dass sich der Mythologe Ovid selbst als den (vorläufigen?) Fixpunkt einer langen kulturellen, künstlerischen Tradition betrachtet. Von der ersten Schöpfung führt uns der Text über die Lehre von den vier Weltaltern (goldenes, silbernes, ehernes, eisernes) und die Sintflut bis zur Neuentstehung der Menschheit.

Warum es der weiteren Schöpfungsmythe überhaupt bedarf, ist bekannt – Frevel hat Jupiter dazu gebracht, sich von seinen Zöglingen abzuwenden. Hier ist es Lycaon, der Wolfsmensch, der das Schicksal seiner Brüder besiegelt, indem er, ein Spielball seiner Hybris wie so viele Metamorphosen-Gestalten, Jupiter Menschenfleisch zum Opfer vorsetzt und damit der Götter in unverzeihlicher Weise spottet. Die geschilderte Sintflut wird als menschengemachte Katastrophe gezeichnet, sie ist die Strafe eines längst nicht allmächtigen, aber im Angesicht der Zerstörung seiner schöpferischen Leistungen empörten Jupiter. Warum dann aber neue Menschen? Nun, die Götter sind eitel und möchten wohl auch in Zukunft die Gebete und Opfer der Menschen nicht missen. Deshalb müssen Deucalion und seine Gefährtin Pyrrha ran, der Sohn des schlauen Prometheus und die Tochter des schwerfälligen Prometheus-Bruders Epimetheus: Der prominente Inzestfall am zweiten Beginn der Menschheit muss nicht weiter für Aufregung sorgen. Das reizende Paar hat die Sintflut auf einem hölzernen Floß überlebt; nach einer etwas umständlichen Rateprozedur (das Orakel der Themis hat ihnen hermeneutische Höchstleistungen abgefordert) wird Deucalion seiner Rolle als »griechischer Noah« gerecht: Aus den Steinen, die beide auf göttliches Geheiß hinter sich warfen, formten sich nach und nach Menschen, zunächst bloße Schemen, die erst allmählich ihre differenzierte Gestalt herausbildeten.

Der Fortbestand ist gesichert, das symbolisiert auch der Sieg des Apoll über den erdgeborenen Drachen Python als veritabler Bedrohung der im Entstehen begriffenen Kultur. Die Barbarei bleibt jedoch als Kehrseite präsent, wie der unmittelbare Anschluss des Mythos von Apoll und Daphne nahelegt. Hier tritt auch schon eines der Leitthemen der *Metamorphosen* in Erscheinung: sexuelle Gewalt, vor allem gegenüber Frauen. Die (nicht ausschließlich) weiblichen Opfer der

Begierden vor allem männlicher Götter werden in der Regel nicht danach gefragt, ob sie Lust auf Sex haben – Gott nimmt sich, was er will. Diese Perspektive sorgt seit einiger Zeit an diversen US-amerikanischen und englischen Universitäten für heikle Gender-Debatten, mit dem vorläufigen Ergebnis, dass die *Metamorphosen* nur mit ausdrücklich vermerktem Warnhinweis zur Lektüre empfohlen werden dürfen, sinngemäß etwa: ›Hier werden Frauen diskriminiert und geschändet! Obacht: (Re-)Traumatisierungen nicht ausgeschlossen!‹. Es ist eine Schande: Wer identifikatorisch liest, den Unterschied zwischen Kunst und Leben also nicht begriffen hat, der möge sich am besten ganz von Literatur fernhalten.

Schon der Fall der Daphne ist weitaus komplexer. Dass Apoll nicht nur den heiteren Musenpapst, den Licht- und Ordnungsbringer gibt, ist vielleicht zu wenig bekannt: Wie sein Komplementär-Gott, Bacchus, auch eine Lichtseite hat, hat Apoll eine Schattenseite, die ihn als gewaltsamen Rächer kennt. Im Falle Daphnes ist Apoll allerdings auch Opfer seines Leichtsinns, hatte er doch Amor, den pfeilbewehrten Knaben, als schlechten Schützen verspottet und war von diesem sogleich mit einem rächenden goldenen Liebespfeil versehrt worden. Unversehens entbrennt seine Glut für die schöne Daphne, die der verstimmte Amor gleichzeitig mit einem bleiernen Pfeil beschossen hat, auf dass sie diese Liebe keinesfalls erwidere. Daphne kann sich den Nachstellungen des Gottes – und der drohenden Vergewaltigung – durch die Verwandlung in den gleichnamigen Lorbeerbaum entziehen: ein typisches Aition – »wie der Lorbeer zu seinem Namen kam«. Bernini hat diesen letzten, dynamischen Moment von Daphnes Flucht, in dem sich ihre Extremtitäten schon zu wandeln beginnen, in seiner berühmten Skulptur kongenial eingefangen.

Es folgen diverse Metamorphosen mit erotischem Kontext (z. B. die beiden »Rindermythen«: Io und Europa; die Geschichte der Bärin Callisto, die in einer Verstirnung endet, der Verwandlung von Mutter und Sohn in die Sternbilder Großer und Kleiner Bär). Der Mythos vom unglücklichen Phaethon, diese Vision des »technischen Traum[s] – *avant la lettre*« (Böhme 1997, S. 91), ist wie eine Parenthese eingefügt. Vater Sol, der Sonnengott, kann seinem Sohn wegen einer eidlichen Bindung die Bitte nicht abschlagen, für einen Tag die Lenkung des Sonnenwagens übernehmen zu dürfen. Das außer Kontrolle geratene väterliche Viergespann kann der Sohn nicht bezähmen, so dass er nicht nur die Erde durch einen Weltenbrand in die Katastrophe stürzt, sondern auch sich selbst: Um der Apokalypse Einhalt zu gebieten, schleudert der Göttervater einen Blitz, der den Wagen zertrümmert, seinen unbeholfenen Lenker in die Tiefe stürzen und tot im Fluss Eridanus (Po) landen lässt, wo er von seinen Schwestern, den Heliaden, betrauert wird; daran knüpft sich ein weiteres Aition, verwandeln sich die klagenden Schwestern doch in wispernde Pappeln, deren Tränen Bernstein bilden. Die von Ovid versifizierte Grabinschrift für Phaethon stellt durchaus nicht dessen Hybris aus, sondern seinen Wagemut: *No risk, no fun*, und Spaß hat er offenbar für einen beträchtlichen Teil dieses bedeutenden letzten Tages seines Lebens gehabt.

Das 3. Buch hebt mit den Mythen aus dem thebanischen Königshaus an (sog. *Cadmeia*). Von zentralem Interesse sind die Bestrafungs-Mythen (z. B. Actaeon, Semele, Pentheus, Athamas, Ino). Bestrafung wofür? Dass Ovid an ganz anderen Aspekten interessiert ist als an eindeutigen Antworten auf Schuldfragen, mag der Mythos des Cadmus-Enkels Actaeon veranschaulichen. Der junge Jäger gerät versehentlich in die

Nähe der heiligen Quellgrotte der Göttin Diana und bekommt sie verbotenerweise beim Bade zu Gesicht. Schon zu Beginn wird die Komplexität des Geschehens augenfällig: Indem Ovid in der entscheidenden Passage die Wahrnehmung des Jägers unscharf stellt, verliert auch die Frage der Schuld ihre Bedeutung. Diese könnte höchstens in seinem umwegigen Schweifen, das ihn an diesen verbotenen Ort geführt hat, und in einer gewissen Sorglosigkeit vermutet werden. Diana jedoch ist als Strafende nicht gnädiger als ihr Zwillingsbruder Apoll: So verwandelt sie den Jäger in einen Hirsch, der schließlich von seinen eigenen Hunden erspäht und zerrissen wird. Eine brutale Metamorphose, da der Text ausdrücklich betont, dass der Verwandelte bei vollem Bewusstsein bleibt, sich aber nicht mehr menschlich artikulieren kann, weil er seine Stimme verloren hat: So funktioniert die Kommunikation mit seinem alten sozialen System, Freunden und Hunden, nicht mehr. Auch diesen Mythos hat Ovid nicht erfunden – er hat eine lange Tradition in Kunst und Literatur (eine verwandte Erzählung bietet z. B. der Hymnos auf das »Bad der Pallas« des Kallimachos). Ovids Akzentsetzung ist ebenso eigenwillig wie modern: Die Psychologisierung, Ästhetisierung und auch die Tragik im sich beim Selbstverlust zuschauenden Opfer-Subjekt sind ebenso einzigartig wie die diese unterlaufenden ironischen Momente, zu denen etwa der aufwendig gestaltete Katalog der 35 Jagdhunde gehört, der die typisch epischen Heldenkataloge parodiert.

Als eine Art Strafe kann auch das Schicksal des Narziss angesehen werden. Seine problematische Bestimmung offenbart sich schon in der verhängnisvollen Prophezeiung des Sehers Teiresias, derzufolge Narziss nur dann lange leben werde, wenn er sich selbst gerade nicht erkenne (*si se non nove-*

rit) – eine provokante Verkehrung der delphischen Orakelbotschaft, die ja gerade auf das Gegenteil, die Selbsterkenntnis, hinauswill. Besiegelt wird das Schicksal des Narziss durch seine unstillbare Selbstliebe. Allen seinen weiblichen wie männlichen Anhängern zieht der schöne Jüngling sich selbst vor. Dabei geht er mitunter ziemlich unsensibel zu Werke, wie das Schicksal der Bergnymphe Echo zeigt, die ihm ebenfalls herzlich zugetan ist: Selbst Opfer einer Bestrafung, ist sie nicht einmal in der Lage, dem ohnehin unwilligen Narziss ihre Liebe mitzuteilen, da ihre Sprechmöglichkeit auf den bloßen Widerhall von Silben reduziert ist. Narziss seinerseits erblickt schließlich sein Spiegelbild im Teich und scheitert fortan an der Unmöglichkeit, zugleich einer und zwei, Subjekt und Objekt seiner Liebe zu sein. Damit war der Topos des selbstverliebten Subjekts geboren, der in der französischen wie deutschsprachigen Psychoanalyse für Furore gesorgt hat.

Eine unglückliche, wenn auch auf Gegenseitigkeit beruhende Liebe findet sich auch in der populären Mythe um Pyramus und Thisbe zu Beginn von Buch 4. Das babylonische Liebespaar, das wegen der verfeindeten Eltern mit Kontaktverbot belegt ist, hat bekanntlich auch für Shakespeares *Romeo and Juliet* Pate gestanden. Bei dem antiken Paar ist die Situation schon dramatisch: Von Beginn an können sie nur durch einen Spalt in der Wand kommunizieren, sehen sich also auf ein Minimum an Kontakt reduziert. Der aus der Unerträglichkeit dieser Beschränkung geborene Fluchttraum gerät zum Albtraum. Die zuerst am vereinbarten Treffpunkt angekommene Thisbe versteckt sich vor einer Löwin, deren blutiges Maul den hernach eintreffenden Pyramus zu einem fatalen Fehlschluss verleitet: Er hält die von einer frisch verzehrten Jagdbeute herrührenden blutigen Spuren für den sicheren Beweis von This-

Michelangelo Caravaggio: *Narziss* (1598/99)

bes Tod, zumal noch ein weiteres falsches Signal hinzukommt, der von Thisbe verlorene, von der Löwin zerfetzte Schleier. Löwin und Thisbe bleiben verschwunden, so dass sich der Irrtum nicht aufklären kann und der verzweifelte Pyramus sich in sein Schwert stürzt. Immerhin kehrt Thisbe vor dem finalen Exitus zurück, kann dem Geliebten noch erscheinen und das Schwert für den eigenen Suizid entreißen – im Tode sind die beiden für immer vereint, was in der Metamorphose der Maulbeeren an den dort wachsenden Bäumen symbolische Gestalt gewinnt: Zunächst weiß, sind sie fortan durch die Tränkung mit dem Blut der Liebenden rot (dunkelrot als Zeichen auch der Trauer). Wenigstens haben die Eltern – wie immer, zu spät – ein Einsehen und bergen beider Asche zusammen in einer Urne.

Die mit Perseus verbundenen Abenteuer verfugen das 4. mit dem 5. Buch: Darunter findet sich die Erzählung von der Gorgo Medusa, der er mit göttlicher Hilfe das Haupt mit den wirren Schlangenhaaren abschlägt (aus der blutenden Wunde springt das Rennpferd Pegasus hervor), um es fortan in seinem Schild zu tragen und unfreiwillige Betrachter zu Stein werden zu lassen. Auch schildert der Text die Befreiung seiner späteren Braut Andromeda, die als Opfer für ein Meeresungeheuer an einen Felsen gekettet worden war. Hingewiesen sei noch auf die originelle Zeugung des Perseus: Seiner Mutter Danae näherte sich der einmal mehr in Liebe entbrannte Jupiter in Form eines Goldregens.

Zu Beginn von Buch 6 werden gleich vier Götterverächter(innen) bestraft: Arachne, Niobe, die lykischen Bauern und Marsyas. Arachne war mit handwerklicher Begabung gesegnet und hatte sich als Weberin rasch einen Namen gemacht. Stolz über die Anerkennung wandelt sich in Hoffart, und so prahlt sie damit, im Weben geschickter zu sein als die göttliche Vollendung der Webkunst, Minerva. Als Göttin der Weisheit reagiert diese besonnener als etwa Diana und bietet der Spinnerin die Chance, sich im Rahmen eines Wettbewerbs zu mäßigen, nicht ohne sie, als alte Frau verkleidet, auch explizit zu warnen: Hochmut kommt vor dem Fall. Arachne lässt sich zwar auf den Wettkampf ein, nicht aber von ihrer Fehlhaltung ab: Pietätlos stellt sie 21 Szenen vorwiegend göttlicher Liebeseskapaden dar, die in künstlerischer Hinsicht jedoch nichts zu wünschen übrig lassen. Minerva grämt sich über den Erfolg der Konkurrentin, zerreißt deren Teppich und schlägt wild mit dem Weberschiffchen auf Arachne ein, die sich daraufhin aus Furcht vor dem Wahn der Göttin erhängen will. Das aber lässt Minerva nicht zu, sondern versprengt reichlich Zauberkraut, worauf sich der Galgenstrick in ein Netz und die den Suizid planende Weberin in die dazugehörige Spinne verwandelt. Die Spinnerei ist nun auf alle Ewigkeit ihre Berufung.

Auch Niobe ist zu einem Inbegriff der Hybris geworden, da sie lauthals mit ihrem Kinderreichtum prahlte und sich über die Göttermutter Latona mokierte, der nur zwei Kinder beschieden waren. Doch dass diese beiden, Apoll und Diana, wenig Spaß verstehen und zu grausamen Strafen fähig sind, hat Ovid bereits mehrfach herausgestellt: Alle 14 Kinder der Niobe werden gnadenlos von den Pfeilen des rächenden Geschwisterpaares getroffen. Während der Kindsvater, König Amphion, sich aus Verzweiflung in sein Schwert stürzt, wird Niobe zu Stein: Doch nicht mal als unbelebte Natur kann sie ihre Tränenströme versiegen lassen (die ›Tränen‹ des Marmor).

Auch im Falle der lykischen Bauern bleibt die rächende Latona Protagonistin, diesmal persönlich: Da die stolzen Bauern der durstigen Göttin, die sogar ihre Säuglinge mit sich führt, verweigern, Wasser aus einem See zu trinken, ja dieses sogar absichtlich untrinkbar machen, verwandelt sie sie allesamt in Frösche: eine kollektive Strafmetamorphose.

Besondere Grausamkeit ist ohne Zweifel mit dem Mythos

des Marsyas verbunden. Der zum kultischen Kreis der Vegetationsgottheit Cybele gehörende Flötenspieler fordert in einem Anfall von Hybris Apoll zum Wettkampf heraus. Unter den Augen und Ohren der Musen als Schiedsrichterinnen trägt Apoll für die Kombination aus Kitharaspiel und Gesang erwartungsgemäß den Sieg davon – und nimmt brutale Rache an Marsyas, indem er ihn an einer Fichte aufknüpft und ihm bei lebendigem Leib die Haut abzieht. Aus dem Blut entspringt der (blutrotes Wasser führende) gleichnamige Fluss (Marsyas). Die im Falle des Marsyas vollzogene Schindung – ein Ritual, das Griechen und Römern vielleicht aus dem Orient bekannt war – veranschaulicht in drastischer Weise die Notwendigkeit der Katharsis, der Reinigung von einem eitlen Affekt. Ovid freilich ist mehr an der Ausgestaltung dieser Ästhetik der Grausamkeit interessiert als an der moralischen Lesart.

In den Reigen dieser Schreckensästhetik gehört etwa auch der Mythos von Procne und Philomela, den beiden Schwestern, die sich auf eine Art Agon der Grausamkeit mit Tereus, dem Gatten der Procne, eingelassen haben: Hatte er die Schwestern hintergangen und war auch nicht davor zurückgeschreckt, Philomela zu vergewaltigen und ihr die Zunge abzuschneiden, so rächen sich die Damen, indem sie dem Vater den eigenen Sohn Itys, frisch zerhackstückt, zum Abendbrot vorsetzen. Am Ende verwandeln sich alle in die Vögel, für die ihre Namen in übertragener Bedeutung stehen (Nachtigall: Philomela, Schwalbe: Procne, Wiedehopf: Tereus). Hervorgehoben sei, dass auch hier – wie schon bei Arachne – ein »Gewebe« eine besondere Rolle spielt, eine Textur: das Gewand mit geheimen Erkennungszeichen, das die gewaltsam verstummte Philomela ihrer Schwester übersendet.

Im 7. Buch findet Medea hinreichend Spielraum für die Entfaltung ihrer Grausamkeit, bis hin zum Mord an den eigenen Kindern. Der Fokus verlagert sich auf Kreta und Athen als Orte des Geschehens auch der Bücher 8 und 9. Als Gegenheld zu Jason ist Theseus konzipiert (auf den Medea ebenfalls einen Anschlag verübte); seine Abenteuer bilden mit den Geschichten von Minos, Hercules u. a. eine lose Reihe. Theseus, dessen Geburt, wie bei anderen Ausnahmehelden (Jason, Hercules, Perseus), unter besonderen Vorzeichen stand, kann schon als Teenager auf eine beachtliche Zahl an Heldentaten zurückblicken. Nach mehreren Komplikationen avanciert er zum beliebten, vor allem für seine Gerechtigkeit und Frömmigkeit berühmten Herrscher Athens. Sein Lebensweg bleibt gepflastert mit großen und kleinen Abenteuern, zu denen etwa die Bezwingung des wilden Riesen Procrustes gehört, der dem zu kleinen Bett den Namen gegeben hat. Auch gelingt es Theseus z. B., den wütenden Stier in der Ebene Marathons einzufangen sowie das unheimliche Mischwesen im Labyrinth von Kreta, den Minotaurus, zu erledigen, den einst Pasiphae infolge verboten-sodomistischer Leidenschaft gebahr: Der grausame König Minos zwang die Athener Bürger, jedes Jahr sieben Jungfrauen und sieben Jünglinge als Opfer für den Minotaurus nach Kreta zu schicken (die Magie der Siebenzahl spiegelt sich in diesem Mythos wie in vielen anderen). Endlich schleuste sich Theseus mithilfe des Orientierungsfadens der Königstochter Ariadne (die verliebt in ihn war und, das Motiv ist bekannt, darob familiäre Loyalitäten hintanstellte) ins Labyrinth und machte dem blutrünstigen Hybridwesen mit einem schwungvollen Keulenhieb den allfälligen Garaus. Der an den Ereignissen beteiligte Künstler Daedalus, Konstrukteur auch des Irrgartens, kam aus dem Intrigenlabyrinth nicht so leicht heraus wie Theseus, der auch noch die schöne Ariadne als Gemahlin mit sich nehmen konnte: Der kunstfertige Architekt will der Insel des erbosten Minos gemeinsam mit seinem Sohn entfliehen, und so findet sich in dieses Labyrinth der Leidenschaften und Intrigen auch die Mythe von Daedalus und Icarus eingeflochten, die – wie u. a. Phaethon – die Ambivalenz des technischen Fortschritts ins Bild setzt: Nach dem Vorbild der Vögel konstruiert Daedalus, der ingeniöse Erfinder, Flügel aus Vogelfedern und Kerzenwachs, je ein Paar für sich und seinen Sohnemann. Und siehe da, das Unmögliche gelingt: Beide erheben sich unversehens in die Lüfte und haben alsbald einige Inseln wie Delos oder Paros hinter sich gelassen. Wenn es dem Vater gegeben ist, Grenzen zu überschreiten, so nicht dem Sohne, der infolge seines jugendlichen Leichtsinns die väterlichen Warnungen ignoriert, zu hoch in die Nähe des Sonnenwagens fliegt, seine wächsernen Flügel durch die dortige Hitze zum Schmelzen bringt und geradewegs in das Meer unter ihm stürzt, das in der Folge den Namen »ikarisches Meer« trägt (so wie die Insel, auf der ihn der trauernde Vater bestattet, seither Ikaria heißt).

Das 10. Buch steht ganz im Zeichen des Orpheus, seines »künstlerischen Werdegangs« und seiner unglücklichen Liebe zu Eurydice. Die Orpheus-Saga ist Teil des Reigens der als fehlgeleitet erachteten erotischen Neigungen des 10. Buches, wie die im Gesang des Orpheus verhandelten homoerotischen Mythen von Ganymed und Hyazinth, die Prostitution der Propoetiden sowie die Inzest-Geschichte um Myrrha und Cinyras. Im Mythos von Pygmalion ist es die unstillbare Liebe des Künstlers zum Objekt, die das Unnatürliche verkörpert. Ovid bietet auch eine äußere Motivation für die Leidenschaft des Bildhauers, der schlechte Erfahrungen mit den nymphomanischen Propoetiden gemacht und sich daraufhin nur noch

Franz von Stuck: *Orpheus* (1891)

seiner Bildhauerkunst verschrieben habe. Eines Tages erschafft er jene berühmte weiblich konturierte Elfenbeinstatue – und verliebt sich in sie. Mithilfe der Venus verwandelt sie sich schließlich in eine Menschenfrau und lebt fortan mit ihrem Schöpfer in einer eheähnlichen Gemeinschaft. Hier handelt es sich um eine der wenigen Metamorphosen, deren Pointe in der

Verwandlung in einen Menschen besteht. Das ist in poetologischer Hinsicht programmatisch: Der Künstler schafft, wenn auch mit Hilfe, ein lebendes Objekt, aus Kunst wird Natur.

Komplettiert werden diese abwegigen oder schieflagigen Lovestorys durch Venus und den Myrrha-Sohn Adonis. Als (ursprünglich vielleicht semitische oder phrygische) Vegetationsgottheit ist der wohlgestaltete Adonis einer der Liebhaber der Venus, bis er sich mit einem rasenden Eber anlegt, der dem hübschen Jüngling den Garaus macht. Die Träne, die Venus im Angesicht des Schreckens vergossen hat, soll zum Erblühen einer kurzlebigen Anemone an der Unglücksstelle geführt haben.

Noch ein Wort zu Orpheus, dem Sänger dieser Geschichten: Als begnadeter Leierspieler betörte er Menschen wie Götter, Tiere wie Pflanzen, sogar die unbelebte Natur: Damit setzte er bestehende Regularien nach Belieben außer Kraft. Seine Frau, die Nymphe Eurydice, verlor ihr irdisches Leben durch einen Schlangenbiss. Orpheus' Versuch, sie aus der Unterwelt zurückzuholen, scheiterte: Entgegen der mit Pluto und Proserpina, dem unterweltlichen Herrscherpaar, vereinbarten Bedingung schaute er sich noch auf dem Weg – kurz vorm Ziel und doch zu früh – nach seiner Liebsten um, woraufhin diese für immer im Dunkel verschwand. Ihm selbst wurde schließlich seine Nähe zu Apoll zum Verhängnis, insofern er dem scheinbaren Gegengott, dem sinnlich-chaotischen Bacchus, die Gefolgschaft verweigerte. Wegen dieser Weigerung und auch, weil er sich fortan eher zu Knaben als zu Frauen hingezogen fühlte, hat ihn eine Horde von Mänaden, berauschter Frauen im Gefolge des Weingottes, schließlich in einer ekstatischen Zeremonie in Stücke gerissen: Damit beginnt Buch 11.

Orpheus' Haupt wurde mitsamt seiner Lyra in den Fluss Hebrus geschleudert und von diesem ins offene Meer getrieben, ohne dass, unheimlich genug, der Gesang verstummt wäre – bis Apoll dem Geschehen Einhalt gebot. Eine weitere Hybris-Mythe schließt sich an: die von König Midas, dem als Kind großer Reichtum prophezeit worden war. Welchem Kind würde das nicht gefallen? Tatsächlich hat Midas zunächst ein glückliches Händchen: Als aus dem Gefolge der Orpheus-Mörder der weise alte Prinzen- und Göttererzieher Silen in seine Hände gerät, bringt er ihn – nach einem wahren gemeinsamen Feiermarathon – zu seinem göttlichen Schützling zurück. Zum Dank will Bacchus Midas einen Wunsch erfüllen – der äußert jenen verhängnisvollen, demzufolge alles, was er anfasse, ausnahmslos zu Gold werden solle. Gewünscht, gewährt: Als er merkt, dass er dann auch nur noch Gold trinken und essen kann, will er seinen Wunsch ungeschehen machen. Midas gelingt die Befreiung vom Gold, indem er in einem Fluss badet, der fortan nur noch Gold führt – wieder ein Aition für eine geologische Besonderheit. Flankiert wird diese Story von dem Künstlerwettstreit zwischen Pan und Apoll, zwischen Hirtenflöte (Syrinx) und Kithara (Zither) also: Überraschend spricht Midas Pan den Preis zu und erhält daraufhin zum »Dank« vom gekränkten Apoll das berühmte Paar Eselsohren.

Der Fokus verlagert sich nun immer stärker in Richtung Rom, zunächst auf den trojanischen Sagenkreis in seiner Zwitterstellung zwischen griechisch-kleinasiatischem Großmythos und italischer Gründungssaga (die Griechen in Aulis, Caeneus, Kentauren und Lapithen u. a.). Achill wird als Zögling seines Vaters Peleus und als Troja-Bezwinger vorgestellt; er kommt dabei nicht gut weg und findet in Buch 12 seinen Tod. Im zweiten Drittel von Buch 13 tritt schließlich Aeneas auf den Plan (sog. ›*kleine Aeneis*‹) und stiftet die mythische Verbindung zur Familie der Julier mit Caesar und seinem Adoptivsohn Octavian (Augustus): Sie führten sich in einer kühnen Genealogie bis auf Julus (Ascanius), den Sohn des Aeneas und legendären Gründer der Stadt *Alba Longa* (als Vorstufe zu Rom), zurück.

In Buch 14 ist der Schwenk nach *Bella Italia* weitgehend vollzogen, es gibt nur noch einige Rückblenden, etwa auf die ominöse Gestalt der Circe und die Abenteuer des Odysseus. Die Ankunft des Aeneas in Latium und seine Apotheose bilden das Herzstück. Hier vor allem treten die intertextuellen Bezüge zu den literarischen Vorläufern (Homer, Apollonios, Vergil u. a.) offen zutage. Auch häufen sich die genuin römischen Mythen wie der von Vertumnus und Pomona oder von Numa und Egeria. An dem Mythos um Vertumnus und Pomona ist nicht nur bemerkenswert, dass er die geschichtliche Kontinuität – wir steuern ja seit Längerem sicher auf die römische Jetzt-Zeit zu – unterbricht, sondern auch, dass es sich um eine Erfindung Ovids handelt: Nach einigen Komplikationen verschmelzen die beiden italischen Vegetationsgottheiten zu einem harmonischen Liebespaar. Nicht nur hat Ovid diese Liebesgeschichte erfunden – er versieht sie auch mit einem Happy End, eine Entwicklung, die der im Mythos entfalteten Liebe eigentlich zuwiderläuft. Die römischen Mythen sind indes auch als Zeichen für die zunehmende Emanzipation Ovids von der übermächtigen griechischen Tradition zu werten.

Zum Auftakt von Buch 15 begegnet Numa dem Philosophen Pythagoras, der in der längsten Rede des Werkes seine Seelenwanderungslehre zum Besten gibt: auch dies ist werkästhetisch zu deuten, denn um »Wanderung« – von Texten und Seelen, auch von Künstlerseelen – geht es schließlich in den *Metamorphosen*.

Schließlich sei noch kurz auf den programmatischen Schluss der *Metamorphosen* eingegangen. Hier erhalten wir künstlerisch überformte Einblicke in die römische Religion mit der Vergottung des Aesculap und des Caesar, die Vorboten für die bedeutsame Parallelisierung von Jupiter und Augustus sind. Die auf den ersten Blick eindeutig scheinenden Reverenzen an den Kaiser haben doch immer genug Spielräume auch für kritische Deutung gelassen: Wollte Ovid Augustus und seine kaiserliche (Vor-)Familie über den grünen Klee loben oder im Zwielicht erscheinen lassen? Handelt es sich um politische Kritik oder Panegyrik? Diese Fragen kann man, so sahen wir bereits, auch an andere Werke Ovids richten, ebenso wie an fast alle Autoren der sogenannten Augusteischen Klassik, vor allem auch an Vergil. Es ist eine ebenso alte und häufig gestellte wie müßige Frage. Ovid nämlich geht es um seine Texte und ihren Nachruhm und, natürlich, um ihren Verfasser, Publius Ovidius Naso. Blicken wir auf den Schlusspassus, das Nachwort des Dichters (ab 15,871):

> Ein Werk habe ich nun vollendet, das weder der Zorn Jupiters noch Feuer noch Eisen noch das gefräßige Alter wird zerstören können. Jener Tag, der ausschließlich über diesen meinen Körper Gewalt hat, mag mir den Zeitraum des ungewissen Lebens beenden, wann er will: Mit dem besseren Teil von mir werde ich mich gleichwohl hoch über die Sterne erheben, unvergänglich, und mein Name wird unzerstörbar sein; und soweit sich die römische Herrschaft auf der unterjochten Welt erstreckt, werde ich vom Volksmund gelesen werden und durch alle Jahrhunderte ruhmvoll weiterleben, sofern die Verkündigungen der Dichter etwas Wahres an sich haben.

Augustus von Primaporta. Zeitgenössische Marmorkopie einer ca. 17 v. Chr. geschaffenen Bronzestatue (Rom, Vatikanische Museen)

Das epische Ich setzt sich ins Verhältnis zum gesellschaftlich-politischen Machtapparat: In der zeiträumlichen Perspektivierung werden sein unsterblicher persönlicher Name als Autor eines unzerstörbaren Werkes und die Weltherrschaft Roms wie selbstverständlich aufeinander bezogen. Mit dem Werk wird der Autor ewig und überall fortleben; in populäre Bilder der stoisch-pythagoreischen Philosophie gekleidet, finden Zerstörung des materiellen Körpers und Genese der immateriellen ›Dichterseele‹ im Text zu ihrem ästhetischen Ausgleich. Die Anspielung auf den *vates*, den Dichter als Propheten in römischer Tradition, verstärkt den Anspruch auf Gültigkeit der Ankündigung. Und Ovid sollte Recht behalten. Wenn das mal kein Hoffnungsschimmer für all diejenigen ist, die sich durch ihre Kunst verewigen wollen!

Weltgestaltung als Zeitverwaltung: Die *Fasti*

Der Gegenstand der *Fasti* mag dem modernen Leser auf den ersten Blick befremdlich erscheinen: Es handelt sich um einen Festkalender in 6 Büchern, verfasst zwischen 4 und 8 n. Chr. und trotz Nachbearbeitung unvollendet geblieben aufgrund des Exilgangs unseres Naso. Geplant waren wohl 12 Bücher, vielleicht ein Link in Richtung von Vergils *Aeneis*. Das in elegischen Distichen verfasste Werk steht wie die *Ars amatoria* in der Tradition des hellenistischen Lehrgedichts: Ovid bleibt sich treu und arbeitet weiter an (s)einem Gesamtkunstwerk. Diesmal werden die Festtage des römischen Kalenders dem zeitlichen Verlauf nach kunstvoll inszeniert. Im Mittelpunkt steht der religiös-kultische Hintergrund der Riten, der dem jeweiligen Tag seine Besonderheit verleiht.

An den Anfang rückt Ovid die legendäre römische Urgeschichte um den Stadtgründer Romulus, der mit seinem Zwillingsbruder Remus, mit dem er einst die mütterliche Wolfsbrust teilte, Rom 753 aus dem Ei kriechen ließ, um schließlich (in Buch 3) als Quirinus in den ewigen Sternenhimmel einzugehen. Er ist nicht nur fester Bestandteil des römischen kulturellen Gedächtnisses (hier hatte man einen eigenen, nichtgriechischen Helden), sondern auch des nationalen Selbstverständnisses: Augustus etwa hat noch im Tode die Nähe zu ihm gesucht, ließ er doch sein Weltwundermaßstäbe übertreffendes Mausoleum auf dem Marsfeld in unmittelbarer Nachbarschaft zur vermeinten Grabesstätte des Heimathelden errichten. Dass Catull diesen Romulus und mit ihm z. B. Caesar als »schwule(n)« Helden verspottet, zeigt eher die Kühnheit des Autors als die Lächerlichkeit der Figur an: Auch die Römer haben ihre Vorzeigepolitiker ordentlich in die Pfanne gehauen.

Der Kalender dieses sagenumwobenen Romulus umfasste 10 Monate, von März bis Dezember. Die erste Kalenderreform erfolgte schon im Jahr 713 durch Romulus' Nachfolger Numa Pompilius: Er stellte die Monate Januar und Februar voran, so dass das Jahr nun bereits 12 Monate zählte. Die Tageszahlen und ihre Berechnung unterschieden sich allerdings noch deutlich vom späteren Julianischen Kalender, zählte man doch im Durchschnitt nur 355 Tage mit eingeschobenem Schaltmonat. Erst der große Caesar machte im Jahr 46 v. Chr., bereichert um die Kenntnisse des ägyptischen Sonnenjahres, den entscheidenden Schritt in Richtung der 365 1/4 Tage (mit Schaltjahr). Wichtige und in jedem Monat unabhängig von den verschiedenen Festen wiederkehrende Tage waren die Kalenden, die Nonen und die Iden. Die Kalenden leiten sich vom Verb *calare* (»ausrufen«) her: Am Ersten eines Monats, der mit dem Neumond einsetzte, verkündeten die Priester dem Volke, wie viele Tage bis zum ersten Mondviertel gezählt werden sollten. Dieser Tag des ersten Mondviertels wurde dann Nonen genannt und fiel auf den 5. oder 7. eines Monats; schließlich folgten am 13. oder 15. die durch Caesars Ermordung zu zweifelhaftem Ruhm gelangten Iden. Zwischen diesen Tagen wurde rückwärts gezählt. Hinzu traten dann die verschiedenen kultischen

Fasti Verulani (»Festkalender«, ca. 14–29 n. Chr., Veroli, Italien)

Staatsfeste, die auf unterschiedliche Monatstage fielen und eine zusätzliche rechnerische Orientierung boten.

Dies die äußere Grundlage des Werkes. Bedeutend sind die pointierten Proömien bzw. Schlussbemerkungen, mit denen Ovid die Bücher rahmt, schaffen sie doch hinreichend Raum für literarische Reflexionen. Von Beginn an stellt Ovid klar: Er ist der Dichter nicht mehr nur der Liebe, der mythischen Geschichte und ihrer Topographie, sondern auch – der Zeit. Den Anspruch, dabei auf epistemische Grundlagen zu bauen, also seine Gelehrsamkeit poetisch auszustellen, treibt er hier auf die Spitze. So kramt er die entlegensten Riten aus und stellt sie neben bekannte und beliebte Feste. Dabei kann er sich auf die traditionellen römischen Priesterannalen berufen, chronologische Aufzeichnungen der wichtigsten Begebenheiten eines Jahres (etwas Vergleichbares gibt es alle Jahresenden wieder im TV zu sehen). Diese Referenz stärkt das Leser-Vertrauen in die Validität seines Wissens. Als *vates* ist der Dichter auch hier wieder Prophet, in dessen Stimme und Schrift sich Vergangenheit, Gegenwart und Zukunft zu einer unergründlichen Einheit verdichten. Eine Hauptrolle spielen im Kalender nicht ohne Grund die Gestirne in ihren jahreszeitabhängigen Bahnen mit der entsprechenden religiösen Symbolik. Wenn Ovid von einer *notata dies* (»Tagesbezeichnung«) spricht, dann offenbart sich darin seine spezifische Zeichentheorie: die Lesbarkeit der Welt. Hinzu kommt auch hier, wie in den *Metamorphosen*, eine raffinierte Strategie perspektivischer Wechsel, die die Figuren zu Komplizen oder Kontrahenten des Erzählers macht.

Die Widmung an Caesar Germanicus stellt indes klar, dass der Dichter weiterhin sein nicht zu durchschauendes Spiel mit der politischen Elite treibt. Erwartungsgemäß setzt er die bewährte *Recusatio*-Taktik ein: »Caesars Waffen besinge ein anderer, wir seine Altäre …«. Ovid setzt *arae* (»Altäre«) gegen *arma* (»Waffen«), die er zuvor schon durch *Amor* ersetzt hatte: Besonders grazil ist das Spiel mit den Lautähnlichkeiten, das offenlegt, wie kleine sprachliche Nuancen größte semantische Unterschiede bewirken können.

Los geht es im 1. Buch also – logischerweise – mit dem Januar. Dieses erste Buch lässt sich in drei Teile untergliedern. An Anfang und Ende preist Ovid den augusteischen Frieden, in der Mitte huldigt er der (kosmologischen) Wissenschaft, deren Erfolg durch die Friedenspolitik garantiert werde. Dass Ovid als ersten Janus aufruft, den doppelgesichtigen Türhütergott, ist programmatisch zu lesen: Ein zentrales Thema Ovids ist mit Blick auf sein ganzes Werk und besonders auch auf die *Fasti* die Dialektik von Anfang und Ende, von Einschluss und Ausschluss. Janus setzt dieses Paradox mit wünschenswerter Klarheit ins Bild: Er blickt zugleich nach drinnen und draußen, nach hinten und vorne, in Vergangenheit und Zukunft. Auch Anfang und Ende verkörpert er gleichermaßen. Mit dieser unheimlichen Gestalt beginnt das Jahr, sie gibt dem nachträglich ins System integrierten Anfangsmonat auch seinen Namen. Zugleich ist er ein genuin römischer Gott; wenn dieser den Auftakt bildet, ist auch klar, dass die Orientierungsfunktion der griechischen Geisteswelt verblasst ist. Dieser Janus nun erscheint unserem Dichter in seiner lichtdurchfluteten Schreibstube; wie mit beinahe allen Göttern entwickelt sich ein Gespräch über »Anfänge«. Janus schildert unserem Dichter seine Genese aus unförmigen Matschklumpen, eine Szenerie, die an Weltentstehungslehre und Menschenschöpfung der *Metamorphosen* erinnert. Hier wie dort empfiehlt sich der Vergleich mit dem Dichter: auch er schafft aus (mehr oder weniger) formloser Materie seine neue, andersartige Kunst. Dem Janus jedenfalls hat man entsprechend seiner Disposition gleich zwei Tempel errichtet: Kein Wunder, dass er vor Selbstbewusstsein strotzt, wähnt er sich doch mächtiger noch als Jupiter, der über seine Schwelle treten müsse, um handlungsfähig, sicht- und fühlbar zu werden.

Im Zeichen des Janus stehen die folgenden Erzählungen Ovids über die Gründung Roms von der *aurea aetas*, dem »goldenen Zeitalter«, bis hin zu Dekadenz und Wiederherstellung des Friedens durch Augustus als Urheber der *pax aurea*, des »goldenen Friedens«. Hinzu kommen weitere auf die Monatstage verteilte Feste, die mit der Amtseinführung der ersten Konsuln am 1. Januar beginnen, bald auf Tempelgründungen und -einweihungen zurückgeführt werden, bald mit Sternbildern und damit verbundenen, bisweilen sehr konkreten Wetterprognosen assoziiert werden. Der 11.1. markiert die Mitte des Winters. An den Iden wird ein Dankesfest für Augustus gefeiert, und der Monat endet mit dem 30. und der Feier für die von Augustus gestiftete *ara pacis* (»Friedensaltar«). Der Autor stellt sich in den Dienst der *religio*, indem er zu Göttergebeten aufruft.

Den Auftakt des 2. Buches mag man ironisch verstehen: *Ianus habet finem*, »Janus hat ein Ende«, aber wir wissen ja, dass dieses Ende immer zugleich einen Anfang bildet. Die Formulierung steht hier sinnbildlich für den Übergang des ersten Monats in den zweiten (und der jeweiligen Bücher ineinander): Das Ende als Übergang oder Umbesetzung ist die metaphorische Konkretion des Janusprinzips. Thematisch passend reflektiert der Dichter im Proömium seine eigene »Entwicklung« vom Liebes- zum Kalenderdichter. Dass die Anrede dabei von Germanicus zu Augustus wechselt, belegt, dass der

Autor im Exil nach dem Tod des Augustus eine Bearbeitung angefangen hat, über das erste Buch aber wohl nicht hinausgekommen ist. Das 2. Buch beginnt mit der Etymologie von *februa*, was ursprünglich Sühnemittel bezeichnete. Bemerkenswert der 5. Februar, wo sich Ovid in Manier des früheren Nationaldichters Ennius als Reinkarnation Homers feiert: Selbstbewusstsein und Bescheidenheit ergänzen einander – und schaffen einmal mehr einen janusgesichtigen Rahmen für das integrierte Augustus-Lob. Am 9.2. erfahren wir, wie wir die inspirierende Jahreszeit, den Frühling, an natürlichen Zeichen ablesen können. Am 11.2. werden Liebende gefeiert: Diana, Callisto, Junos Eifersucht. Am 13.2. wird es bukolisch mit einem Fest für den ländlichen Faun mit rauchenden Altären. Diese Atmosphäre verdichtet sich am 15.2., an den Lupercalien, wo wir entdecken, wie Faun zu seiner Nacktheit kam. Eigenwillig die Verbindung der Themen am 21.2.: Totenkult und Manenversöhnung bieten den Rahmen für Jupiters Gelüste, diesmal gegenüber der römischen, aus der zweiten *Aeneis*-Hälfte bekannten Nymphe Juturna (der Schwester des letztlich erfolglosen Aeneas-Kontrahenten Turnus). Am 22. feierte man mit den Caristien ein Fest der Liebenden, am 23. lernen wir eine weitere interessante Schwellengottheit kennen: Terminus, den Grenzgott, der ursprünglich für die Abzirkelung der Äcker und Felder zuständig war und die Janusthematik fortschreibt. Zeitgeschichte, Mythos und Mär wechseln sich ab: So begegnen wir etwa noch der berühmten Lucretia, aber auch mythischen Hotsellern wie Philomela und Procne, dem obskuren Schwesternpaar, das wir aus den *Metamorphosen* kennen, und das durch Vergewaltigung und blutige Rache am eigenen Kinde traurige Berühmtheit erlangt, um sein weiteres Dasein als melodische Vögelein zu fristen. Das Buch mündet am 28.2. in einen »Hafen« (*portus*) und kommt damit zu einem weiteren vorläufigen Ende, das doch die Weiterfahrt schon anzeigt.

Der März beginnt mit einer selbstbewussten Kampfansage an den Namensgeber und Kriegsgott Mars: Auf der Ebene buchstäblich-etymologischer Bedeutung wagt sich Ovid direkt an die Götter heran, kann er ihnen doch so ihre bloß materielle Bedeutung vor Augen führen. Auf dieser Grundlage soll der arme Mars sich seiner selbst entfremden und die Waffen beiseitelegen. Er soll sich dem Dichter als Material zur Verfügung stellen, damit dieser waffenfreie Taten des Mars beschreiben, eine andere Seite des Gottes zeigen könne. Er denkt da natürlich vor allem an die Liebesgeschichte mit der Tiberpriesterin Rhea Silvia und die Zeugung der Zwillinge, die er ausführlich beschreibt: Schon ist das Thema zu Text geworden.

Als vormals erster Monat des Jahres beginnt der März mit einem Matronenfest für Mars als Vaterfigur. Der Raub der Sabinerinnen darf hier nicht fehlen, hatten Romulus und seine Kumpane doch ein echtes Frauenproblem: Es waren schlicht kaum welche da, und so bediente man sich bei den Nachbarn. Ovid erinnert an den rührenden Mythos, wie sich die Ex-Sabinerinnen, die längst Römerinnen geworden waren und den römischen Ehemännern Kinder geboren hatten, im offenen Kampf zwischen ihre Väter, die sie endlich zurückholen wollten, und die Ehemänner warfen, wobei sie sich nicht scheuten, die niedlichen Babys als Pfänder einzusetzen.

Auch die Wetter-Semiotik bleibt präsent. Wenn am 5.3. Tau von den Wangen des Tithonus träufelt, wird es wärmer, und am 6.3. steigt Phoebus im Sonnenwagen aus dem Meer. Am 8.3. ist die Krone der vom wankelmütigen Helden Theseus verlassenen Ariadne am Himmel zu sehen. Das Fest für Anna Perenna am 14.3. erinnert an Didos treusorgende Schwester. Zuweilen finden sich schlichte Zweizeiler, vor allem, um die Geschehnisse am Himmel zu beschreiben (z. B. am 16.3., wenn der Skorpion sichtbar wird, oder am 26.3. zur Tag- und Nachtgleiche, der sichersten Botin des Sommers und Ausweis einer harmonischen Ordnung, oder für Luna am 31.3. als dem letzten Monatstag). Dramaturgisch interessant sind die Übergangstage, wo ein Fest unmittelbar bevorsteht und Spannung und Erwartung in sinnlicher Weise beschrieben werden (z. B. am 19.3. die Vorbereitungen für Minerva als Patin der Webkunst, die ja immer auch für die Dichtkunst steht).

Dem 4. Buch stellt Ovid ein Bekenntnis zu Venus als mythischer »Stammmutter« der Familie des Augustus voran: Diese beschwert sich darüber, dass er sich von ihr ab- und anderen Themen als der Liebe zugewandt habe. Natürlich korrigiert er diesen Eindruck und versichert sie seiner Treue, auch ein Indiz dafür, dass er an einem in seiner Vielstimmigkeit einheitlichen Werk dichtet. Zugleich hören wir einiges über die vielzitierte und bis heute sprichwörtliche Wetterwendigkeit gerade dieses Monats, der zwischen Winter und Frühling, zwischen Anfang und Ende, aufgerieben wird: eine Illustration der dichterischen Polyphonie. Tau und Vogelgesang und das Siebengestirn der Plejaden verheißen das Nahen des Sommers; am 6. April erinnert man sich gemeinsam an Caesars Erfolg über Juba, am 14. an Octavians Sieg bei Mutina, ein Gedenken, das allerdings durch eine Unwetterwarnung erschüttert wird. Besonders lesenswert das Ceresfest am 12.4., in welchem Ovid auch den Raub der Göttertochter Proserpina schildert. Skurril das Palesfest am 15.4., an dem man zu Zeiten des Numa eine trächtige Kuh zu opfern pflegte. In das Parilienfest für die Hirtengöttin

Pales am 21.4. ist endlich Roms Gründungsgeschichte eingeflochten. Am 22. oder 23.4. schließt sich die obskure Vinalienfeier an, ein lockeres Straßenfest für die Halbwelt. Am 25. ist die Mitte des Frühlings markiert: Der Sirius, der Hundsstern, naht. Der April endet mit den Floralia und dem Fest für die römische Herdgöttin Vesta.

Das 5. und das 6. Buch eröffnen mit spannenden etymologischen Spekulationen. Woher der Name »Mai« (*Maius*) kommt, wisse niemand so recht, und Ovid rechnet sich unter diese Unkundigen. Er lässt die Musen darüber debattieren, ohne dass er einer Erklärung den Vorzug gibt. Klarer ist da schon, dass man am 1.5. die Geburt des Oberolympiers Jupiter auf dem legendären Dicte-Berg zu Kreta feierte. Am 2.5. erinnert Ovid u. a. an Narziss und seinen komplexen Selbstverfehlungsprozess. Am 3.5. erfahren wir die traurige Geschichte vom als Erzieher beliebten Kentaurenchef Cheiron, am 9.5., den Lemurien, wird einmal wieder der Totengeister, der Manen, gedacht. Der 11. und der 12.5. widmen sich Orion; besonders hier lässt sich die Verknüpfung der Tage zum Netzwerk trefflich studieren. Am 13.5. endlich lässt man den Sommer mit dem Stier und seiner geliebten Europa beginnen; das Rinderthema ist präsent noch in der Geschichte des diebischen Merkur am 15.5. (ortygische Rinder). Janus taucht am 21.5. wieder auf, Vulkan und seine Tuba am 23.5. (Tabilustrien), am 24. gibt es Opferzeremonien, und am 26.5. wurde einstmals der Tempel der Fortuna geweiht: Ein Zweizeiler führt den Leser aus dem Mai heraus in den Juni hinein.

Mit dem Juni enden die *Fasti*, doch beginnt der Monat in poetologischer Hinsicht mit einem Höhepunkt. Wieder geht es um eine strittige Etymologie. Woher der Name Juni (*Iunius*) rührte, weiß auch wieder niemand so recht. Dem grübelnden

Dichter erscheint nun niemand Geringeres als Juno, um ihn von ihrem Einfluss auf den Namen zu überzeugen. Aufschlussreich, wie der Poet den Auftritt der Göttin gestaltet: Er, der kühne Dichter, so Juno, wage es, die *Fasti* in seinem Versmaß, dem elegischen Distichon nämlich, zu besingen: *o vates, Romani conditor anni, ause per exiguos magna referre modos ius tibi fecisti numen caeleste videndi, cum placuit numeris condere festa tuis* (V. 21 ff.: »Oh Dichter, Begründer des römischen Jahres, der du es gewagt hast, Großes im gedrängten Versmaß zu künden, du hast dir das Recht verschafft, eine himmlische Gottheit zu schauen, indem es dir gefiel, die Jahresfeste in dein Vermaß zu bannen«). Hier wird endgültig klar, denn Junos Autorität verbürgt es: Ovid ist als Dichter ein Seher, ein *vates*, der Vergangenheit und Zukunft kennt und künstlerisch kündet; er ist zugleich der Begründer der römischen Geisteswelt, von Geschichte und Mythos, wird er doch gleich zweimal mit *condere/conditor* adressiert, ein eigenmächtiger und eigenwilliger, doppelgleisiger Gründungsakt. Und er ist kühn, ist ein Wagnis eingegangen (*ause*). Er ist ein »Macher« (*fecisti*), der auch das göttliche *numen* verwaltet und in seine Verse zwingt. Wenn Juno im Anschluss betont, dass sie noch vor ihrem Bruder und Gatten Jupiter den Schoß des Vaters Saturn verlassen habe, also auch in dieser Perspektive die ältere Gottheit sei, dann wird deutlich, dass sie die höchste Autorität ist, die dies verbürgen kann.

Nach der Hommage ans verklärte saturnische Zeitalter beginnt der 1.6. mit einem Fest für die unbekannte Carna, die – als Türangel – aber doch eine weitere Variation des Janus und der ambivalenten Schwellenthematik verkörpert. Höhepunkte des 6. Buches stellen der Zirkusbau durch den blutrünstigen Sulla am 4.6. und die lange Huldigung an Vesta als ewigem

Herdfeuer am 9.6. dar. Wenn hier die Haupthelden Odysseus und Aeneas auftauchen, dann beruft sich der Dichter auf ein altes, legitimiertes Wissen, über das er seit Kindertagen verfüge – und macht sich so unangreifbar. Dem Tag korrespondiert der 15. Juni, das Kelerfest, an dem die Asche der Vesta in den Tiber geschüttet und von dort ins Meer gespült wird: eine topographische Ausbreitung über die engeren Stadtgrenzen hinweg. Bezeichnend der Festtag für Summanus am 20.6., einen Gott, dem man einen Tempel weihte, obwohl nicht mal Ovid irgendwas über ihn weiß: Einmal mehr führt er dem Leser auch die Kontingenz seiner Gegenstände vor Augen. Hübsch die Betrunkenen am 26.6., die weinselig auf dem Heimweg die Gestirne kommentieren und damit auch den Zeichenleseakt selbst als arbiträr erscheinen lassen. Das Buch erweist am 29. nochmals Romulus mit dem Quirinus-Tempelweihfest Reverenz, bevor es dann am 30. mit dem Fest für den *Hercules Musarum* endet. Gerne wüsste man, wie es weitergegangen wäre; die eigenwilligen Akzente gerade des 6. Buches lassen uns ahnen, welche reizvollen Um- und Abwege der Text noch genommen hätte.

Ovids »letzte Welt«: Die Exilelegien

In einem Seminar zu Ovids Exildichtungen hat mich kürzlich eine Studentin in Erstaunen versetzt: Unlängst habe ihr jemand glaubhaft versichert, die Frage nach der Authentizität von Ovids Exil sei »längst geklärt«. Es seien Dokumente aufgetaucht, die sein Exil zweifelsfrei belegten. Ich war kurz im Zweifel: War mir womöglich ein sensationeller Fund entgangen? Doch siehe da: Nichts war es mit dem Beweis, alles wieder nur haltlose Gerüchte. Dieses Beispiel mag aber veranschaulichen, wie groß die Sehnsucht noch zeitgenössischer Altertumswissenschaft ist, Ovid und sein Exil dingfest zu machen. Werfen wir einen Blick auf die Fakten.

Tatsächlich gibt es außerhalb von Ovids Texten nur verstreute Erwähnungen seines Exils. Auch Ovids »Selbstzeugnisse« sind in ihrer dokumentarischen Qualität fragwürdig: Als Gründe für seine Verbannung führt er *carmen et error* (»ein Gedicht und einen Fehler«) an. Das *carmen* könnte sich auf die aus Ovids Feder stammende *Ars amatoria* beziehen: Augustus soll die erotodidaktische Dichtung als moralisch verwerflich eingestuft haben. Merkwürdig bleibt dabei, dass das in Rede stehende Werk, wie bereits erwähnt, zur Zeit der Verurteilung bereits gut acht Jahre im Umlauf war. Der Sinneswandel des Augustus wäre plötzlich und unmotiviert gekommen. Der zweite von Ovid genannte Exilierungsgrund, der »Fehler« (*error*), gibt der Phantasie der Leser noch größere Rätsel auf: Die Ovid-Forschung rekonstruiert aus seinen Anspielungen (*cur aliquid vidi*? »Warum bloß musste ich etwas sehen?«, *Tristie* 2,103), er müsse ein Mitglied der kaiserlichen Familie in einer kompromittierenden Situation ertappt und infolgedessen durch seine Entfernung vom Hofe zum Schweigen gebracht worden sein. All dies bleibt Mutmaßung und wird sich schwerlich jemals befriedigend klären lassen.

Hinzu kommen diverse Widersprüche zwischen den historisch verbürgten Fakten und den Fiktionen Ovids: Die Schilderung seines Exilortes weicht von dem sonst über die Schwarzmeerregion Bekannten erheblich ab. So unzivilisiert, wie Ovid seinen unfreiwilligen Aufenthaltsort darstellt, kann dieser jedenfalls kaum gewesen sein. Ovid jedoch lässt seine im Text auftretenden »Ichs« um ihre künstlerische und nationale Identität bangen (*Tristie* 5,7,57: *vix subeunt ipsi verba Latina mihi* – »kaum mehr kommen mir lateinische Wörter in den Sinn«). Tatsächlich ist es wenig wahrscheinlich, dass Ovid seine lateinischsprachige Identität verloren hat; viel eher dürfte er auch die Landessprachen, Getisch und Sarmatisch, gelernt und vielleicht sogar als Medium seiner Dichtkunst genutzt haben.

> »Schon war, nachdem meine besseren Jahre verstrichen waren, graues Haar gekommen und hatte meine frühere Haarpracht durchmischt (...), als mir der Zorn des verletzten Herrschers befahl, die Einwohner von Tomis aufzusuchen, das am linken Gestade des Schwarzen Meeres gelegen ist« (*Tristie* 4,10,93–97).

Darüber hinaus gewinnt man auch bei authentisch klingenden Schilderungen den Eindruck, der Verfasser müsse die Kenntnisse nicht notwendig aus eigener Anschauung, sondern aus literarischen Quellen bezogen haben (z. B. aus dem 3. Buch von Vergils *Georgica*).

Die Erwähnung zahlreicher Ehrungen, die ihm in seiner neuen Heimat zuteil geworden sein sollen, ließe jedenfalls eher darauf schließen, dass sich der Geehrte durchaus akklimatisiert und auch am kulturellen Leben partizipiert, nicht aber völlig zurückgezogen und isoliert hat. Es ist also immerhin möglich, dass Ovid diesen Rückzugs-Modus nur auf fiktionaler Ebene als ideale künstlerisch-autobiographische Lebensform darstellt. Sichtlich kommt es ihm darauf an, uns in seinen *Trauerelegien* und *Pontus-Briefen*, den Hauptwerken der Exildichtung, die mögliche Lebenssituation eines Exilierten vor Augen zu führen. Die Kategorien Ort und Zeit und deren sinnliche Wahrnehmung spielen dabei eine ganz entscheidende, die einzelnen Werkteile in subtiler Weise miteinander vernetzende Rolle.

Nach eigenem Bekunden verfasste Ovid das erste der fünf *Tristien*-Bücher, die insgesamt 50 Elegien enthalten, auf der als außerordentlich beschwerlich dargestellten Reise an seinen Verbannungsort am Schwarzen Meer. Den Auftakt bildet ein Gedicht, das der Autor explizit an sein Buch richtet, welches als sein Bote nach Rom geschickt wird, um Anweisungen seines Verfassers zu übermitteln. Ihr eigentliches Gegenstück findet diese programmatische Auftaktelegie im letzten Gedicht des 1. Buches (1,11), das als Nachwort an den Leser gestaltet ist (ähnlich auch 5,4). Ovid bindet den Leser als dritte Instanz im Komplementärverhältnis Autor-Text also konsequent ins poetologische Geschehen mit ein. In der Mitte des

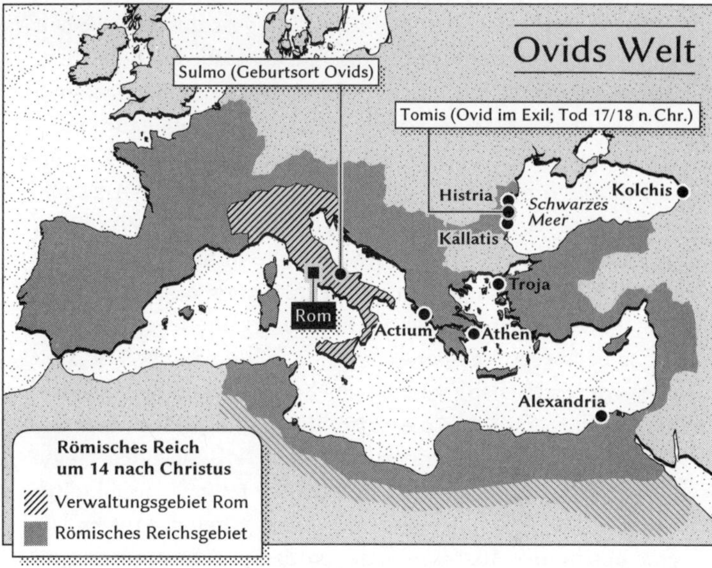

1. Buches findet sich mit Elegie Nummer 6 eine Hommage an Ovids hinsichtlich ihrer Treue mit Penelope vergleichbare, seine Interessen in Rom ebenfalls stellvertretend verwaltende Ehefrau, die auch sonst immer wieder adressiert wird. Gerahmt wird diese Mittelelegie von einem Brief an Ovids besten Freund (Nr. 5) und an den Editor der *Metamorphosen* (Nr. 7). Zwei sehr konkret auf die Exilreise, aber auch auf ihre poetische Transformation bezogene Elegien (Nr. 2 und 4) rahmen die bewegte und bewegende Schilderung seines Abschieds von Rom. Hinzu kommen bittende und anklagende Elegien an Freunde oder auch an seinen Rechtsbeistand (8, 9 und 10) sowie Schmähungen von Kontrahenten (z. B. 1,8; vgl. 3,11 oder 4,9).

Das 2. Buch der *Tristien* bildet eine geschlossene Einheit und stellt ein regelrechtes juristisches Plädoyer gegenüber Kaiser Augustus mit abschließender Bitte um Begnadigung dar. Der erste Teil (bis V. 206) beschäftigt sich mit der uns nicht weiter bekannten Ursache des Vergehens, während der zweite Teil (bis zum Ende, V. 578) eine Verteidigung der *Ars amatoria* bietet. Hier knüpft Ovid an die apologetische Tradition der Autobiographie an, wie sie vor allem in historischen Texten üblich ist, indem er immer wieder betont, dass seine aktuelle, im Exil verfasste elegische Dichtung keinerlei erotodidaktische Paränesen mehr enthalten werde. Gemäß der Tradition versucht Ovid also, sein beschädigtes Renommee wiederherzustellen, indem er die Kritik auf- und scheinbar auch annimmt. Zugleich liefert er im zweiten Teil von Buch 2 eine kleine Literaturgeschichte der erotischen Literatur und knüpft nachweislich an seine *Amores* an. Damit schreibt er zumindest eine bestimmte Ausprägung der erotischen Thematik fort, so dass er die eigene Apologie selbstbewusst zu unterlaufen scheint.

Das 3. Buch der *Tristien* beginnt mit einer Rede des Buches und endet mit einem Brief an den Herausgeber (14). Während wir in der ersten Buchhälfte vor allem Bittgedichte an Freunde finden, die oft dramatisch oder sogar suizidal konturiert sind, malt der Dichter in der zweiten Hälfte vornehmlich seine persönlichen Verhältnisse aus, in Briefen, die immer wieder in ein Gnadengesuch an den Kaiser münden. Hinzu kommen programmatische Elegien, die die Selbstmythisierung des Dichters ins Bild setzen. Die hyperbolische Betonung der *asperitas loci*, der Unwirtlichkeit des Exils, wird geradezu topisch ausgestaltet. Statt von der Fülle des Lebens in Rom sieht sich Ovid nun von der zeiträumlichen Leere des Exils am Schwarzen

Meer umgeben. Im Mittelpunkt steht mit Elegie Nr. 7 ein poetologisch bedeutendes Stück an die nicht weiter bekannte Dichterin Perilla, in welchem der Autor auch seine eigene Poetik reflektiert.

Auch das 4. Buch fügt sich in die Sender-Empfänger-Technik, da der erste und der letzte (Nr. 10) Text als Anreden an den Leser und die Nachwelt gestaltet sind. Die erste Hälfte streicht positive Eigenschaften einflussreicher Römer heraus und wird im zweiten Teil durch die Versifikation negativer Erlebnisse konterkariert, wobei Freunden Feinde an die Seite gestellt und die Differenz von Fakten und Fiktionen poetisch entfaltet wird. Verstärkt wird auch die tröstende Funktion der Dichtung thematisiert. Auf die explizit ›autobiographische‹ Schlusselegie 4,10 bin ich schon zu Beginn eingegangen (s. S. 15 f.).

Das 5. Buch beinhaltet weitere 14 Elegien, wobei die Einleitung wieder den Leser direkt anspricht. Als Ganzes ist das Buch allerdings der Gattin gewidmet, der explizit die Elegien 2, 5, 11 und 14 zugedacht werden. Hinzu treten auch hier Bitt- und Klagebriefe an Freunde sowie literaturtheoretische Reflexionen (Nr. 3 und 12), wiederum angereichert mit exzessiven Klagen über seine Lage (Nr. 6 und 10), sprechen diese doch für die Kontinuität seiner Situation und damit für die ungebrochene Identität des Künstlers auch im Exil. Ein Spezifikum der Selbstfiktionalisierung des Verfassers der Exildichtung ist im Gebrauch des Mythos zu sehen. Ihn nutzt Ovid konsequent als Folie für seine missliche Situation: Immer wieder vergleicht er sich mit mythischen, oft tragisch konturierten Figuren, um die Dramatik seines Verbannungsschicksals ins Bild zu setzen. Zugleich dokumentiert er dadurch sein Selbstbewusstsein: Als Autor, über den man spricht, ist er ebenso fest und unwiderruflich mit dem literarischen Kosmos verfugt wie die Helden der mythologischen Großerzählungen. Wiederholt betont Ovid, wie unerwartet und unvermittelt ihn die Verbannung getroffen habe. Zu seiner mythologischen Identifikationsfigur schlechthin wählt er sich Odysseus.

Nicht ohne Grund sind die *Tristien* als ganze (und zum Teil auch die *Epistulae ex Ponto*) als eine spezifische Adaption der *Odyssee* gelesen worden. Man denke nur an die oft und gern beschworenen Reisen (z. B. mit seinem Freund Macer in *Brief* 2,10; vor allem beachte man die Reise ins Exil selbst, wie Ovid sie besonders im 1. Buch der *Tristien* skizziert). Sie erhalten durch die mythische Überhöhung zugleich ein fiktionales Gepräge. Schon in der antiken Rezeption des homerischen Epos sind die Reisen des Odysseus als Selbstfindungsprozess gedeutet worden.

In den *Epistulae ex Ponto* werden viele Themen aus den *Tristien* variiert. Wieder lesen wir Bittschreiben an Freunde und Verwandte, die jetzt, anders als noch in den *Tristien*, mit Namen genannt werden: Womöglich liegt das daran, dass der Dichter die Hoffung auf seine Rückkehr nach Rom aufgegeben hat und die Adressaten nicht länger durch Anonymität schützen muss. Hervorzuheben ist etwa die Auftaktelegie (1,1) an Brutus, der möglicherweise sein Verleger ist, in welcher er ihn um Annahme und Aufbewahrung seiner (neuen) Schriften bittet (*libellos excipe*), da sie in öffentliche Bibliotheken (*publica monimenta*) wohl keinen Zutritt fänden. Er schreibt an enge Freunde des Kaisers wie Fabius Maximus (1,2), schildert sein Exil in dramatischen Farben und bittet um Unterstützung; an enge Bekannte wie Rufinus, die ihm mit Briefen Trost gespendet und ihm so geholfen hätten, die (äußere oder innere) Distanz zu Rom zu überbrücken. Auch hier fungiert der Brief als Ersatz für direkte Kommunikation (*littera pro verbis*). Die häufigen Klagen und Entschuldigungen sind ambivalent, rührt Ovid damit doch auch an die Wurzeln der Elegie, die einstmals (auch) ein Klagegesang gewesen ist (z. B. 3,4 und 3,7).

Der im Klagekontext entfaltete Wunsch nach Leidenschaftslosigkeit (Apathie) wird flankiert von der Diagnose seines körperlichen Verfalls, dem sein geistiger korrespondiert: Das Schwarze Meer hat den Dichter zermürbt. Sogar sein schriftstellerisches *ingenium* unterzieht Ovid einer kritischen Revision: Seine Verse seien schlecht, doch fehle ihm die Kraft, sie zu verbessern. Sein hoher künstlerischer Anspruch an sich selbst sei in den belanglos-hässlichen Untiefen von Tomis versunken. Immer wieder lässt er auch Hoffnung auf Rückkehr aufkeimen oder auf einen angenehmeren, näher an Rom gelegenen Aufenthaltsort, und er wird nicht müde, sein »Vergehen« zu verteidigen. Aus diesen Kraftschüben entwickelt er wieder neue Vorwürfe, so etwa gegenüber Aurelius Cotta Maximus, der nur an seinem eigenen Ruhm interessiert sei und sich seiner sozialen Verantwortung (gegenüber Ovid) entziehe. Zwischendurch konfrontiert uns Ovid mit »Fakten«, so etwa in Buch 1,8 damit, dass er schon vier Herbste in Tomis verbracht habe: Nimmt man dies wörtlich, so müsste diese Elegie gegen 12 n. Chr. verfasst worden sein. Wie lange sein Exil auch andauert, er ruft sich nachhaltig in Erinnerung, indem er mit Freunden gemeinsam verlebte Zeiten schildert oder gegenwärtige auf ihre signifikanten Ähnlichkeiten mit vergangenen hin perspektiviert, um die zeitliche wie räumliche Distanz zu überbrücken (z. B. in 2,3 an Messalinus, in 2,4 an Cotta oder in 2,5 an Atticus und in 2,10 an Pompeius Macer). Vergessen – aus Ovids Perspektive ein Ding der Unmöglichkeit (2,11). Dazu passt, dass er sich an eine breite Leserschaft richtet, wiewohl er vordergründig einzelne Adressaten anspricht: Der geschätzte

Eugène Delacroix: *Ovid bei den Skythen* (1859)

Leser (*candidus lector*) ist auch hier wieder Garant für die überzeitliche Bedeutung der Werke Ovids.

Im 4. und letzten Buch wird schließlich der Tod des Augustus thematisiert (4,6) – ein Teil der Elegien ist also nach 14 n. Chr. entstanden, und wahrscheinlich ist dieses ganze letzte Buch auch erst posthum ediert worden. Die Hoffnungen richten sich nunmehr auf den Augustus-Nachfolger Tiberius, der aber auch keinen Finger für Ovid gerührt zu haben scheint. Gleichwohl wirkt der Hass auf den ungeliebten *locus* milder, und so ist die Stimmung am Ende der Pontus-Briefe vergleichsweise resignativ.

Ovid ein guter Gete? Auch hier trügt der Schein, denn am Schluss wird doch wieder eine selbstbewusste Volte vollzogen: 4,16 bietet noch einmal poetologische Reflexionen, in deren Rahmen sich Naso selbstbewusst an einen potentiellen Kritiker wendet und sich in den Katalog großer Dichternamen einreiht. Auch hier bleibt Publius Ovidius Naso weitblickender Moderator noch seines eigenen Nachlebens. Als ›Autobiograph‹ überschreibt der Dichter sein ›wirkliches‹ Leben ebenso wie sein physisches Ende.

Zum Schluss: Ein Magier der Moderne

Dass Ovid Literatur und Kunst nicht nur Europas, sondern der ganzen Welt über zwei Jahrtausende wesentlich geprägt hat, steht außer Zweifel. Dass seine Werke auf große Begeisterung gestoßen sind, ist auch bekannt. Dass er aber nicht »Everybody's Darling« war, ist vielleicht in Vergessenheit geraten. Deswegen seien in diesem kleinen Schlusswort ausgewählte (nicht streng chronologisch angeordnete) Stationen seiner Nachwirkung ins Auge gefasst, die bei aller Heuristik und Gegensätzlichkeit dazu dienen sollen, Ovids Ausnahmestellung vor Augen zu führen.

Beginnen wir mit den kritischen Stimmen. Moralisch begründete Aversionen gegen die *Ars amatoria*, aber auch gegen *Amores* und *Metamorphosen* hegten schon einige Zeitgenossen Ovids, wie nicht zuletzt die Auseinandersetzung mit Augustus belegt. Solche moralische Kritik fand immer wieder Fürsprecher, vor allem auch in christlicher Literaturrezeption. Einen interessanten Fall stellt der sogenannte *Ovide moralisé* dar, die erste Übertragung der *Metamorphosen* ins Französische aus dem 14. Jahrhundert: Die christliche Allegorese der Mythen schafft ein entschärftes Breviarium von Ovids Hauptwerk. Dass Ovids Texte auch unsere ›aufgeklärten‹ Zeiten noch düpieren können, zeigen die aktuellen Gender-Debatten im vorwiegend englischsprachigen Kulturraum, die sich an den Vergewaltigungsmythen der *Metamorphosen* entzündet haben.

Weitaus interessanter als diese eher verqueren ethischen Diskussionen ist die ästhetische Kritik an Ovids Werk, die allerdings – und das ist eben das Verhängnisvolle – oftmals mit der moralischen einhergeht. Diese Kritik fokussiert sich häufig auf den ›Charakter‹ des Autors Ovid, dem übertriebene Selbstverliebtheit vorgehalten wird (so schon bei den beiden Senecae oder dem Rhetoriklehrer Quintilian). Den Tiefpunkt stellt in dieser Hinsicht allerdings das deutsche 18. Jahrhundert dar, und zwar nicht nur in den literarhistorischen Darstellungen, sondern auch in der Literaturproduktion; man konnte weder Text noch Talent, weder Thema noch Form – geschweige denn Moral – des Dichters etwas abgewinnen. Johann Georg Sulzer z. B. fand Ovid umständlich und unbeholfen, und für Herder war er ein »Übercultivirter«, der mit seinen »ungefühlten Empfindungen« die Dichtkunst entwürdige. Wilhelm Heinse bescheinigte dem Dichter »langweiliges Geschwätz von Unverschämtheit und plattem Witze«. Im Gegensatz zu seinem Bruder Friedrich konnte auch August Wilhelm Schlegel nicht viel mit ihm anfangen. Woran lag das? Wohl vor allem an der Künstlichkeit der Kunst des Ovid, der minutiösen Arbeit am ästhetischen Detail, die auf gefühlige Liebhaber des »Echten« und »Idealen« abstoßend wirken musste (und bisweilen auch eine intellektuelle Überforderung darstellte). Eine Ausnahme bildet mal wieder Goethe, der nach eigenem Bekunden wegen seiner unzeitgemäßen Ovid-Leidenschaft von Herder »auf's strengste getadelt wurde«.

Als Ovid-Kritiker tun sich auch viele konservative Philologen des 19. und frühen 20. Jahrhunderts hervor. Exemplarisch sei hier aus der *Geschichte der römischen Litteratur* von Martin Schanz und Carl Hosius zitiert: »Ovid war kein tief angelegter Mensch, und sein Leben wurde nicht von der Ideale Sonnenglanz erleuchtet [...]. Es sind leblose Schemen, denen seine Lieder gelten«. Die letzte Beobachtung ist ja gar nicht falsch; nur macht es eben gerade die Kunst Ovids aus, dass sie das Leben vernachlässigt, um mit dem Ästhetischen ernst zu machen. Auch unter den Philologen fanden sich freilich immer schon beredte Verteidiger des Dichters; niemand Geringeres als Ulrich von Wilamowitz-Moellendorff empfand reichlich Verdruss über die Ovid-Schelte seiner Kollegen, die aus mangelndem Kunstverstand resultiere: »[A]uch dieser Dichter ist ein Stern mit eigenem Lichte, der nie verbleichen wird, wenn die Wissenschaft ihre Schuldigkeit nicht versäumt«. Erwin Rohde hebt die Eigenständigkeit unseres Autors hervor: »Man überzeugt sich leicht, daß Ovid die freie Bewegung seiner eigenen Natur durch die Manier seiner Vorbilder durchaus nicht binden läßt.«

Die Großen in Literatur und Kunst (und den dazugehörigen Wissenschaften) sind, mehrheitlich und nationenübergreifend, Ovidliebhaber gewesen. Mögen sie auch hier und da Kritik an ihm geübt haben: Sein künstlerisches Genie haben sie nicht in Frage gestellt. Für Petrarca und Dante, für Boccaccio und Montaigne war er ein *vir magni ingenii* (ein »Mann von großer Begabung«). Auch Luther schätzte Ovids sententiösen Stil, daher ist die Koinzidenz der Jubiläumsjahre in 2017 (2000 Jahre Tod des Ovid, 500 Jahre Luthers Thesen) durchaus sinnfällig. So unterschiedliche (Dichter-)Gelehrte wie Shakespeare, Milton und Diderot, Hegel und Stendhal, Byron, Leopardi und Nerval haben Ovid verehrt. Romantiker wie Friedrich Schlegel und, etwas zurückhaltender, Ludwig Tieck haben in Ovid einen der Ihren ausgemacht (Schlegel lakonisch: »Ovidius durchaus romantisch«). August von Platen geht gar soweit, Ovids *Verwandlungen* »für das einzige originelle Epos der Lateiner« zu halten: Seine Zeit, das 18./19. Jahrhundert, fand freilich weniger Geschmack an den »epigonalen« Römern als an den für originell befundenen Griechen. Die suggestive Kraft der Exildichtung hat Alexander Puschkin inspiriert; wie nebenbei beantwortet der Wegbereiter der Moderne, Charles Baudelaire, die Exilfrage in adäquater Weise, habe Ovid sich doch die für die Exilsituation grundlegende Traurigkeit (»la tristesse qui lui manquait«) selbst geschaffen.

Darüber hinaus wurde Ovids epistemische Expertise durch die Jahrhunderte geschätzt: Naturkunde, Medizin und Psychologie konsultierten ihn gleichermaßen, viele Zitate fanden Eingang in die einschlägigen Handbücher, vor allem natürlich in die mythologischen und ikonologischen. Konsequent fungierte er als Ratgeber für Liebende und Geliebte, für Getrennte und Gescheiterte.

Diese breite und vielschichtige Rezeption belegt: Ovid ist nicht nur einer der wichtigsten europäischen Autoren, sondern gehört auch zu den Gründervätern der literarischen Moderne. Ovid ist Retro- und Avantgarde zugleich: Er schließt an bedeutende Traditionen von Homer bis zu Catull, Vergil und Horaz an. Bestehende Gefüge werden aufgebrochen und in neue Kontexte überführt. In die Spuren seiner Vorgänger setzt er seine radikale Ästhetik der Form, der schließlich sogar Augustus, der Kaiser, unterworfen wird. Ovids Imagination waren in Thema und Form keine Grenzen gesetzt, auch das Unsagbare hat er in Verse gekleidet, die anschaulich und zugleich selbstreflexiv sind, ihre eigene Sprachlichkeit also in geradezu postmoderner Weise problematisieren. Die Metamorphose entpuppt sich dabei als werkeinendes Prinzip: Nicht nur steht das Werk selbst im Mittelpunkt; als Autor experimentiert Ovid mit allen ästhetischen Formaten, wandelt sich mit seinen Texten und entfaltet dabei jedes Mal aufs Neue eine zauberische Langzeitwirkung. So hat er sich sein Fortleben in der europäischen Kultur langfristig gesichert – als einer ihrer Regisseure. Wer die moderne europäische Kultur begreifen will, der kommt an Ovid nicht vorbei.

Lektüretipps

Ovid in Reclams Universal-Bibliothek

Genannt wird jeweils die laufende Nummer in der Universal-Bibliothek. Sofern nicht anders gekennzeichnet, handelt es sich um zweisprachige Ausgaben (Lateinisch/Deutsch).

Amores: 1361 / *Ars amatoria*: 357 / *Gedichte aus der Verbannung*: 18976 / *Fasti*: 19272 / *Heroides*: 1359 / *Metamorphosen*: 356 (einsprachige Ausgabe, Versübersetzung) und 1360 / *Remedia amoris*: 18903

Weitere Ausgaben

Ovid: Amores/Liebesgedichte. Lat./Dt. Hrsg. und übers. von Niklas Holzberg. Düsseldorf/Zürich. 2. Aufl. 2014.

Ovid: Ars amatoria / Liebeskunst. Remedia amoris / Heilmittel gegen die Liebe. Lat./Dt. Hrsg. und übers. von Niklas Holzberg. 5., überarb. Aufl. Berlin 2011.

Ovid: Briefe aus der Verbannung. Lat./Dt. Übers. von Wilhelm Willige, erl. von Niklas Holzberg. München/Zürich 1990.

Ovid: Die Fasten. 2 Bde. Hrsg., erläutert und übers. von Franz Bömer. Heidelberg 1957–1958.

Ovid: Heroides/Liebesbriefe. Lat./Dt. Hrsg. und übers. von Bruno W. Häuptli. 2. Aufl. Berlin 2011.

Zum Weiterlesen

von Albrecht, Michael: Ovid. Eine Einführung. Stuttgart 2003.

Alison, Jane / Fantham, Elaine / Keith, Alison: Change me. Stories of Sexual Transformation from Ovid. Oxford / New York 2014.

Barchiesi, Alessandro: The Poet and the Prince. Ovid and Augustan Discourse. Berkeley 1997.

– Speaking Volumes. Narrative and Intertext in Ovid and Other Latin Poets. London 2011.

Blumenberg, Hans: Arbeit am Mythos. Frankfurt a. M. 1979.

Böhme, Hartmut: Antike Anthropogenie-Vorstellungen in Ovids *Metamorphosen* (Prometheus – Deukalion – Pygmalion). In: Mayer, Mathias / Neumann, Gerhard (Hrsg.): Pygmalion. Die Geschichte des Mythos in der abendländischen Kultur, Freiburg 1997. S. 89–125.

Claassen, Jo-Marie: Ovid Revisited. The Poet in Exile. London 2008.

Farrell, Joseph / Nelis, Damien P.: Augustan Poetry and the Roman Republic. Oxford 2013.

Gibson, Roi K. / Green, Steven / Sharrock, Alison (Hrsg.): The Art of Love. Bimillennial Essays on Ovid's *Ars Amatoria* and *Remedia Amoris*. Oxford 2006.

Hardie, Philip (Hrsg.): Ovid's Poetics of Illusion. Cambridge 2002.

Holzberg, Niklas: Ovid. 3., durchgesehene Aufl. München 2006.

– Die römische Elegie. Eine Einführung. 5., bearb. Aufl. Darmstadt 2011.

Knox, Peter E. (Hrsg.): A Companion to Ovid. Malden (MA) / Oxford 2009. (Blackwell Companions to the Ancient World.)

Miller, John F. / Newlands, Carole E. (Hrsg.): A Handbook to the Reception of Ovid. Chichester 2014.

Newlands, Carole E.: Ovid. London 2015.

Ransmayr, Christoph: Die letzte Welt. Roman. Greno/Nördlingen 1988.

Schmitzer, Ulrich: Ovid. 2. Aufl. Hildesheim u. a. 2011.

Schwindt, Jürgen Paul: Thaumatographia oder Zur Kritik der philologischen Vernunft. Vorspiel: Die Jagd des Aktaion (Ovid, *Metamorphosen* 3,131–259). Heidelberg 2016.